Tierra, gofio, sal

Para la explotación en el aula de este libro,
existe un material con sugerencias didácticas y actividades
a disposición del profesorado en nuestra web.

Valentín Beato, 21. 28037 Madrid
www.anayainfantilyjuvenil.com

1.ª edición: febrero de 2024
4.ª reimpresión: septiembre de 2025

Ilustraciones: Raquel Lagartos

ISBN: 978-84-143-4009-7
Depósito legal: M-33908-2023

Impreso en España - Printed in Spain

PAPEL DE FIBRA
CERTIFICADA

EL VOLCÁN

Ana Belén Hormiga Amador

Tierra, gofio, sal

ANAYA

A Milagros,
por compartir conmigo tus recuerdos.
A Álex,
por compartir conmigo esta y tantas historias.

Hay personas que creen que cuando algo importante va a ocurrir, se nota en el ambiente. Yo no lo sé. Solo puedo asegurar que antes de que Amparo naciera, llovió durante tres meses en Arona.

Tras las lluvias, el suelo quedó resquebrajado y salpicado por enormes piedras, como si fuera el fondo de un río que estaba seco desde hacía décadas.

Al principio, nadie relacionó el nacimiento de Amparo con aquella tragedia. Tuvo que pasar mucho tiempo para que sospecharan que el diluvio seguramente anunciaba que iba a nacer la muchacha a la que la mayoría de la gente le tendría pánico.

Capítulo 1

Guagua: vehículo automóvil de gran capacidad preparado para el transporte colectivo de personas, con trayecto fijo.

Durante los primeros años de su infancia, Amparo parecía una niña normal. Con cinco años, la hija de doña Lola y don Miguel era muy alegre y disfrutaba cuando su padre la llevaba subida a la pela o cuando iban al barranco de Achacay para lavar las sábanas, las mantas y las prendas grandes.

Mientras su madre restregaba cada uno de aquellos tejidos con una pastilla de jabón Lagarto, Amparo se divertía chapoteando en los charcos con el resto de chiquillos. También le gustaba ir con su hermano Marcelo a coger burgados, chirrimirres (unos caracoles más pequeños que los burgados) y lapas.

Desde muy pequeña, Amparo se ganó el cariño de las vecinas porque no le importaba hacer mandados, vigilar a los críos que corrían descalzos de un lado a otro o arrodillarse y quitarles los piojos. Además, tenía algunas responsabilidades con las que cumplía religiosamente. Una de sus preferidas consistía en ir al chorro para recoger agua. Usaba una vieja lata que en el pasado sirvió para transportar aceite. Antes de cargarla, preparaba con las manos la rodilla, es decir, enrollaba un trozo de tela y se lo ponía en la cabeza como si fuera un pequeño turbante. Luego le pedía a alguien que le echara una mano para levantar el pesado recipiente y colocarlo sobre esa almohadilla y poder transportarlo.

Su hermano Marcelo era tan responsable como ella. Trabajaba de jornalero en una finca de tomates y por las tardes se reunía con su amigo Jaime García y varios hombres de la zona para jugar a la baraja hasta que anochecía.

Don Miguel, doña Lola, Marcelo y Amparo nunca se metieron con nadie ni causaron problemas. Ello propició que, poco a poco, se ganaran el respeto y se convirtieran en personas muy queridas en el sur de Tenerife.

Cuando Amparo cumplió once años, la pobreza obligó a don Miguel a emigrar a Venezuela. Por esta razón el padre no se enteró de lo que sucedió con Amparo ni pudo ayudar a su mujer o a Marcelo cuando las cosas se torcieron.

El día de su partida don Miguel prometió volver. También juró que no los olvidaría al salir por última vez de la cueva que habían convertido en su casa. Aseguró que escribiría y, de hecho, los primeros meses cumplió con su palabra enviándoles cartas e incluso un paquete con café crudo. Amparo, Marcelo y doña Lola le mandaron quesos y largas misivas hasta que de repente no se supo nada más de él. Fue a raíz de su desaparición cuando comenzó a invadirles una sensación de desasosiego que parecía no tener fin.

La familia siguió esperando noticias de don Miguel. Por eso, doña Lola y Amparo iban con frecuencia a la curva en la que paraba la guagua que traía la correspondencia.

Jaime García, el mejor amigo de Marcelo, solía coincidir con ellas en ese lugar. El muchacho acudía porque se carteaba con una joven de La Palma que conoció durante el servicio militar.

Casi siempre, Jaime, doña Lola y su hija se sentaban sobre varias piedras grandes y hablaban hasta que oían que la guagua se acercaba. Al escucharla, Amparo no podía evitar que el corazón se le desbocara.

La chiquilla, incapaz de controlar sus nervios, se levantaba y presenciaba cómo frenaba el vehículo provocando un terrible chirrido que se mezclaba con el olor a gasoil y el alboroto de la gente.

Cuando bajaban la saca gris del correo, todo el mundo se arremolinaba alrededor mientras repartían su contenido. A menudo, Amparo se agarraba el vestido con las manos y sin que nadie se diera cuenta rezaba para que dijeran el nombre de su madre. Entonces, a medida que la saca se vaciaba, la desilusión se apoderaba de ella y las lágrimas le resbalaban por la cara.

Doña Lola no lloraba o al menos no lo hacía delante de las vecinas. La pobre mujer intentaba marcharse lo más rápido posible de allí llevando la cabeza bien alta y prometiéndose en silencio que jamás volvería a pasar por la humillación de no recibir unas letras.

Pero a los pocos días, siempre ocurría lo mismo: doña Lola olvidaba su promesa y se sentaba de nuevo con Amparo en aquella curva por si llegaban noticias de don Miguel. Sin embargo, cada vez que iban, regresaban a la casa con las manos vacías y el estómago encogido.

No decían nada, aunque las noches se hacían interminables pensando si él estaría muerto, habría sufrido algún accidente, se habría enamorado de otra o se habría atrevido a ignorarlas.

Fue así como Amparo aprendió a levantar la cabeza y a llorar a escondidas. También descubrió que era preferible no nombrar a su padre para evitar que a su madre se le empañaran los ojos y el alma.

Capítulo 2

Jilorio: sensación de malestar
en el estómago producida
por ganas de comer.

Tras la desaparición de don Miguel, tuvieron que enfrentarse a la constante escasez de comida en la mesa, por eso Marcelo habló con un chico de su edad y juntos se echaron a la mar aprovechando que era verano, que las aguas estaban en calma y que tenían la barca.

Desde pequeño, Marcelo había ido a pescar con don Miguel. Gracias a ello conocía las corrientes y otros secretos útiles para alimentar a los suyos. Sabía que la solución la encontraría mar adentro. Nunca pensó que fuera peligroso alejarse de la costa.

Las primeras veces que salió a la mar, su madre lo esperó inquieta en la orilla. Luego ella se acostumbró a ir de madrugada con Amparo y sentadas sobre una roca rezaban hasta que lo veían aparecer. Cuando doña Lola divisaba la embarcación de su hijo, se santiguaba dándole las gracias a Dios. Después recogía apresuradamente el pescado que él le entregaba, lo metía en la cesta de mimbre y para que se mantuviera fresco lo rodeaba con sal y con mujo.

Otra de las cosas que hacía antes de ponerse la cesta sobre la cabeza era tapar la mercancía con un paño que luciera muy limpio, porque la gente se fijaba en esos detalles a la hora de elegir con quién hacer negocios.

Cada día, doña Lola y Amparo recorrían a pie caminos empedrados y senderos que parecían interminables. Esto les permitía llegar a lugares en los que podían intercambiar lo que transportaban por higos, aceite, carne, nísperos o cualquier alimento que sirviera para matar el jilorio.

Andaban descalzas para no desgastar las lonas. Solo se ponían el calzado cuando entraban en los pueblos o estaban cerca de las viviendas que visitaban para ofrecer sus productos.

Muchas mañanas, subían hasta Ifonche, Trevejo o Vilaflor porque en esas zonas había más papas, verduras y frutas. El recorrido era tan duro que en ocasiones doña Lola tenía que apoyarse y descansar en alguno de los muros bajos que existían.

Durante esos segundos que le servían para recuperar las fuerzas, mantenía la cesta sobre la cabeza. Gracias a ello, recuperaba el aliento y podía seguir hacia adelante sin demorarse demasiado.

Amparo también cargaba una cesta repleta de productos: varias viejas atadas con hilo, unas fulas...

y a veces botellas con burgados o lapas que habían preparado en escabeche.

Las dos iban con seis o siete mujeres que, como ellas, eran barqueras: esposas, madres, hermanas o hijas de pescadores. Además, había marchantas, señoras que compraban el pescado para luego revenderlo o intercambiarlo.

A la mayoría les gustaba entonar canciones que mezclaban con bromas y que servían para que, incluso las que estaban embarazadas, pudieran sobrellevar el esfuerzo con alegría.

Amparo se sentía feliz dentro del grupo, así que se enfadó bastante cuando una madrugada, de repente, doña Lola le anunció que ya no iría a trabajar con ellas. La madre no le reveló el verdadero motivo de su decisión. Solo le dijo que debía quedarse en la casa.

Amparo suplicó, lloró y chilló, pero no sirvió de nada. Para su madre, aunque no lo confesara, aquello suponía un enorme sacrificio porque le dolía el pescuezo y no contar con ella implicaba transportar sola veinte o treinta kilos de peso.

Sin embargo, no le quedó más remedio que renunciar a su ayuda al darse cuenta de que el hijo de don Antonio Valdés, uno de los grandes terratenientes y productores de tomates del sur, intentaba hablar con Amparo todas las mañanas.

Antoñito Valdés tenía diecisiete años, no obstante, ya arrastraba una mala fama ganada a base de propasarse con varias chicas pobres. Algunas, incluso, aseguraban que sus vientres abultados eran culpa suya.

A su padre, don Antonio Valdés, le hacían gracia las correrías de su vástago y lo justificaba cada vez que recibía quejas por su terrible comportamiento. Las pocas ocasiones en las que no pudo defenderlo, don Antonio Valdés recurrió a un viejo truco que solía funcionar: amenazaba a las familias de las agraviadas con no volver a contratarlas para trabajar en sus fincas o con prohibirles seguir viviendo sobre sus terrenos.

Doña Lola temió que el interés de Antoñito Valdés aumentara y se convirtiera en una obsesión peligrosa si continuaba viendo a Amparo. Así que decidió que no la acompañaría más.

A la muchacha le molestó que le prohibiera ir. Por eso, los primeros días perseguía a su madre por el camino. Le daba igual que esta le gritara o que la amenazara con dejarla atada a la valla.

Doña Lola, harta de pelear, llegó a coger un par de piedras y a lanzárselas con gran puntería a los tobillos. Asombrosamente, aquellos impactos no sirvieron para que Amparo desistiera de su empeño.

La madre solo logró que obedeciera cuando le abrió la frente con una pedrada. Fue así como Amparo descubrió que su progenitora era capaz de fracturarle el cráneo antes de permitir que fuera a faenar con ella.

Doña Lola consiguió que nadie volviera a ver los ojos canelos de su hija, sus labios carnosos y el cabello oscuro. No pudo evitar, sin embargo, que intentaran encontrarla, ni que la desgracia que presentía viniera a visitarla hasta su hogar.

Capítulo 3

Roseta: labor artesanal, que se compone de un dibujo en forma de flor, hecho de croché, de encaje o mediante un entramado de hilos, que posteriormente se une a otras para confeccionar colchas, manteles o paños de mesa.

Mientras doña Lola y su hijo trabajaban fuera, Amparo se encargaba de las gallinas, de los conejos y de la cabra. También de limpiar la casa cueva, remendar la ropa, bordar y hacer rosetas.

Algunas tardes, incluso, preparaba jareas para que no se estropeara el pescado que le sobraba a su madre. Esta tarea consistía en abrir el pescado, limpiarlo bien, salarlo y tenderlo al sol durante uno o dos días hasta que se secaba. Por las noches lo recogía para que no se lo comieran los gatos. Gracias a ello, podrían intercambiarlo por otros productos si había mar de fondo o demasiado viento para sacar la barca.

La primera vez que la muchacha se comportó de una manera extraña fue en agosto. Esa mañana estaba con su madre y varias vecinas recogiendo la sal cristalizada en uno de los charcos pequeños de la costa.

Cada año participaban en la actividad porque la sal era un mineral imprescindible en sus vidas, ya que servía para cocinar y que el pescado y otros alimentos no se echaran a perder.

Lo primero que hacían era llenar los charcos grandes con agua del mar y dejar que parte del líquido se evaporara. Entonces volvían a poner agua las veces que fueran necesarias para que la sal se acumulara.

Luego cogían la capa de arriba y la iban pasando a los charcos más pequeños. En ellos, el agua desaparecía gracias al sol. A Amparo le encantaba ver cómo la sal brillaba adherida a las rocas.

Para recogerla, usaban las manos o unas cucharas. Después amasaban la sal y esperaban a que se secara lejos de la maresía. Por último, la guardaban al abrigo de la luz.

Aquel era un verano caluroso en el que casi no corría el aire. Por eso, en cuanto Amparo terminó de llenar el segundo cubo con sal, levantó la cabeza para secarse el sudor de la frente y ajustarse el sombrero.

En ese instante, descubrió que su hermano Marcelo había terminado de limpiar la barca. Con alegría lo saludó desde lejos moviendo la mano y caminó hacia él intentando llegar rápido aunque iba cargada con los dos cubos repletos de sal.

Solo le faltaban unos metros para tocarlo, cuando apareció William, un joven inglés muy apreciado en la zona. Amparo se fijó en que Marcelo y él empezaban a hablar.

Amparo se detuvo y contempló con disimulo el cabello pelirrojo del extranjero. Existían otros británicos en la isla, sin embargo, ninguno tenía el pelo de ese color ni tantas pecas en la cara.

A ella le gustaba el chico desde hacía tiempo. Jamás se atrevió a confesárselo a alguien, pero cada vez que lo veía, notaba que el corazón le golpeaba el pecho como si fueran coces de mula o patadas de camello.

La muchacha cogió aire tratando de tranquilizarse mientras escuchaba cómo William le contaba a Marcelo que su jefe le había dado la llave de la caja fuerte del negocio. Desde donde estaba, vio la llave sujeta a su leontina.

Segundos después, aparecieron dos desconocidos e insistieron para que William los acompañara a tomar unos vinos. William parecía encantado con la invitación, así que se despidió de Marcelo con una enorme sonrisa.

No se sabe exactamente qué fue lo que provocó que Amparo soltara los cubos. Estos cayeron sobre la tierra y la sal que tanto trabajo le costó recoger, se esparció por el suelo. William y Marcelo giraron al escuchar el estruendo. La miraron asombrados. Entonces, Amparo se dirigió corriendo hacia William, lo agarró por el brazo y le dijo llorando:

—¡No te vayas, por favor, no te vayas!

El inglés la observó sorprendido y escuchó perplejo sus palabras:

—No te vayas, porque… ¡hueles a muerto!

—*What?*

—William, vas a morir —comentó compungida.

William se zafó de Amparo y se alejó asustado. Mientras se marchaba iba preguntándose a sí mismo cómo no se había dado cuenta antes de que aquella chica estaba loca.

Marcelo tampoco entendió el comportamiento de su hermana. Le preocupó que empezara a perder el juicio, aunque su manera de actuar podía deberse a que llevaba demasiadas horas expuesta a los rayos del sol y lo tenía metido en la cabeza. Decidió vigilarla y no contarle nada a su madre. Por suerte, ella no se enteró del desagradable suceso porque andaba entretenida en el charco raspando la sal.

Al día siguiente ocurrió algo asombroso que sí llegó hasta los oídos de doña Lola; de hecho, todo el mundo habló sobre ello. Aseguraban que cuando a media mañana el jefe de William se acercó a su empresa, vio la puerta cerrada.

«Estará dentro», se dijo a sí mismo, porque William siempre acudía temprano.

Al abrir el negocio el anciano golpeó con los nudillos el mostrador y llamó a William. No le contestó. Eso le hizo exclamar en voz alta:

—¡Qué raro! ¡El pelirrojo se dejó dormir!

No le importó, al fin y al cabo, el muchacho era joven. El señor entró en su despacho pensando que era una suerte tener a aquel empleado tan fiel.

El chico llevaba trabajando para él casi dos años. La verdad es que lo apreciaba. Se había convertido en algo parecido a un hijo.

El jefe de William se sentó canturreando frente a su escritorio. Observó el retrato del caudillo que colgaba en una de las paredes. Entonces bajó la mirada y se topó con varios papeles esparcidos por el suelo. Eso le extrañó. El hombre viró la cara y de pronto su sonrisa se desvaneció. Notó incluso que le costaba respirar tras descubrir una cosa terrible: la puerta de la caja fuerte estaba abierta y en su interior no había nada.

El jefe de William no se levantó hasta que transcurrieron unos minutos. Cuando por fin lo hizo, le temblaban las piernas. Salió de la empresa aturdido. Fue directo hacia la casa en la que el pelirrojo vivía de alquiler, aunque no lo encontró allí.

A continuación recorrió el pueblo bajo un sol infernal preguntándoles a todas las personas con las que se cruzaba si habían visto a William. Nadie le dijo que sí. Poco a poco se dio cuenta de que apenas conocía al maldito muchacho. El pobre hombre se maldijo a sí mismo llamándose «estúpido». También maldijo a William, ya que dentro de la caja fuerte siempre guardaba una enorme cantidad de libras esterlinas y un reloj de oro de incalculable valor.

Hubo quien creyó que Amparo era la culpable de la desaparición del extranjero, pero la mayoría pensó que William había huido con el botín.

Cuando el jefe de William perdió la esperanza de localizarlo, el capataz de don Antonio Valdés aseguró haber visto a un pelirrojo con la cara repleta de pecas subiéndose a un barco que iba a zarpar rumbo a La Gomera.

Esa pista resultó fundamental para que las autoridades creyeran que podrían apresarlo con rapidez. Sin embargo, tuvo que pasar un tiempo para que por fin dieran con él.

Capítulo 4

Airón: corriente de aire súbita que puede producir efectos perjudiciales para la salud.

La segunda vez que Amparo se comportó de una manera extraña fue en septiembre. Ese día estaba con su madre y con su hermano en misa.

Amparo observó las diminutas figuras de cera que colgaban alrededor de una de las columnas de la iglesia. Eran promesas. Le pareció que había más que la semana anterior y esto le produjo un ligero malestar.

La joven sabía que cada pequeña pieza representaba el lugar del cuerpo que le dolía a quien la puso allí o a un ser querido de esa persona. Algunas figuras tenían forma de brazos, había piernas, manos minúsculas, muchas cabecitas, un corazón...

A Amparo le sorprendió la cantidad de milagros que harían falta para que desaparecieran los dolores de toda aquella gente. «Ojalá dependiera de mí acabar con sus sufrimientos», se dijo a sí misma.

Cuando terminó la misa, salieron al exterior. Una vecina se acercó para saludarlos. En ese momento sucedió algo extraño. Amparo sintió que se le helaba la sangre y se apartó con brusquedad. La señora no entendió qué le pasaba y le preguntó si se encontraba bien.

La mujer notó que Amparo palidecía y la miraba fijamente. Sus ojos cambiaron de color. Ya no eran canelos, ahora parecían grises. Más le impactó oír lo que le dijo:

—Yo estoy bien, pero usted... ¡apesta a difunta!

Marcelo y su madre no lograron que la muchacha se disculpara. Así que doña Lola, avergonzada, pidió perdón y se marchó llevando a su hija agarrada por el brazo como si temiera que esta pudiera escaparse.

Al llegar a la casa, los gritos de doña Lola llenaron cada rincón de la cueva y solo cesaron cuando escucharon las campanadas de la iglesia doblando porque alguien había fallecido. La desgracia augurada por Amparo acababa de convertirse en realidad.

Amparo, al enterarse, se sintió peor que si le hubiera dado un airón. Ni ella misma entendía por qué le había dicho a aquella señora que olía a muerta.

El ímpetu de su llanto, tras descubrir la tragedia, no impidió que su madre la mirara atravesada y, sin avisar, le diera una cachetada, aunque sería justo decir que doña Lola actuó así más por miedo que por un motivo distinto.

Llegó la tarde, y con la cabeza repleta de remordimientos Amparo se escapó para visitar la vivienda de la fallecida. Sabía que ya estarían velándola. Necesitaba pedirle perdón a la familia.

Al aproximarse, distinguió a los hijos de la difunta sentados en unas sillas colocadas en el patio. Los conocía bien desde pequeña, por eso no podía imaginar lo crueles que serían con ella.

Cuando los muchachos vieron que se acercaba por el camino, comenzaron a insultarla. Los perros, atados con cadenas a una argolla en el muro, se pusieron a ladrar como si quisieran despedazarla. Amparo contempló horrorizada sus afilados colmillos y las babas que les resbalaban por fuera de las bocas. Entonces, oyó que alguien gritaba:

—¡Suelta a los perros y que maten a esa desgraciada como ella mató a nuestra madre!

De pronto, comenzó a llover y el viento sopló con furia. Asustada, echó a correr para alejarse del lugar. Los minutos empezaron a pasar con lentitud mientras ella movía las piernas sin parar; las sombras se alargaban y se hacía de noche.

Agotada, siguió avanzando en medio de la oscuridad. Tropezó en varias ocasiones. En una de ellas, cayó sobre un charco y se le empapó la falda. Al intentar ponerse de pie, apoyó las manos en el suelo y las uñas se le llenaron de barro. Se levantó tiritando e hizo un esfuerzo sobrehumano por orientarse, pero era una noche sin luna y no supo hacia dónde debía caminar para dirigirse a su casa. Al llegar al sendero que bordeaba la montaña, lo recorrió con dificultad palpando la pared de piedra natural.

De repente, su mano identificó un material diferente. Al tocar la superficie fría, supo que se trataba de una de las puertas que se usaban para cerrar las cuevas. La empujó con desesperación y se abrió chirriando. Amparo le dio las gracias a la Virgen de los Remedios y entró sin pensarlo. Enseguida le llegó un fuerte olor que reconoció: había encontrado un depósito en el que se guardaban las papas y algunos aperos de labranza.

Apresuradamente cerró la puerta. Se apoyó contra ella, temblando. Procuró no hacer ruido. Oyó a los perros olfateando al otro lado. El pulso se le disparó al escuchar sus ladridos. Sabía que si los perros estaban acompañados, la descubrirían en un santiamén. Sintió pánico. Se puso de rodillas y rezó. Entretanto, seguía agarrando la puerta para que no pudieran abrirla. Repitió la misma oración una y otra vez, una y otra vez…

Poco después, dejó de oír a los perros. A pesar de esto, continuó sujetando la pequeña puerta durante bastante tiempo. La oscuridad le impedía ver si allí dentro había alguna manta o algo que le sirviera para taparse. Si no se abrigaba, posiblemente moriría como consecuencia del frío.

Amparo gastó las escasas fuerzas que le quedaban en recorrer el pequeño depósito desplazándose a cuatro patas. Fue así como encontró los sacos repletos de papas. Le costó vaciarlos, pero logró taparse con ellos.

La joven se desvaneció pensando en su padre: «¿Qué estará haciendo? ¿Por qué no escribe? ¿Ya no me quiere? ¿Ya no se acuerda de mí?».

Capítulo 5

Aguaviva: animal marino colonial provisto de una bolsa casi transparente de color débilmente azulado, que flota en el agua y deja colgando unos tentáculos también azulados, que producen un intenso escozor al tocarlos.

Antes de que amaneciera, un vecino al que todos llamaban el Cachimba salió de su casa. El hombre no entendió por qué su perro se ponía nervioso al llegar junto a la cueva. Cuando abrió la puerta, vio a una joven tirada en el suelo.

La reconoció enseguida a pesar de que estaba despeinada y tenía gran parte del cuerpo y de la cara manchados de tierra. Era Amparo, la hija de doña Lola, pero... «¿Qué hace aquí? —pensó—. ¿La mataron?».

Don Eugenio se acercó y le puso sus gruesos dedos debajo de la nariz. Notó que respiraba. El hombre la levantó del suelo y, sujetándola como si fuera un saco de papas, la llevó con su familia.

La muchacha se despertó por la noche en su casa. Alguien la había lavado, la había cambiado de ropa y peinado el cabello. No recordaba parte de lo sucedido. Lo que nunca podría olvidar eran los insultos que había recibido.

A partir de ese momento, Amparo perdió el apetito y no volvió a sonreír porque los remordimientos la apuñalaban por el día y la estrangulaban por las noches. Le hubiera gustado poder dar marcha atrás y borrar las palabras que le dijo a la difunta, aunque sabía que era imposible.

Marcelo, como era hombre de mar, creyó que al igual que las heridas se curan con el salitre, el mal que padecía su hermana podría desaparecer si la bañaban en el océano con luna llena. Así que, dos noches después, bajaron a la costa y Amparo se sumergió desnuda en un charco. Parece ser que al día siguiente, la costa amaneció plagada de aguavivas.

Doña Lola y Marcelo pensaron que nadie podría acusarlos de lo ocurrido. Estaban convencidos de que ningún vecino había visto lo que hicieron motivados por la desesperación de tener una adolescente maldita en la familia. Hubo quien sospechó, pero jamás lo aseguraron delante de ellos.

Ese baño nocturno no sirvió para que Amparo se sintiera mejor. Doña Lola, como era mujer de campo, creyó que si le daban de comer carne de cabra machorra, tal vez el espíritu del animal amansaría a su hija. No perdió la esperanza de poder solucionar el problema hasta que no quedaron en las cumbres más cabras estériles que matar. Ni siquiera dieron resultados las promesas que doña Lola hizo ante la Virgen, ni que en tres ocasiones fuera a la iglesia de rodillas.

Mientras tanto, Marcelo y su madre temían que corriera la voz y se tomaran represalias. Por eso, Marcelo fue a hablar varias veces con su amigo Jaime García y le reveló un secreto: necesitaban irse cuanto antes a vivir a otro lugar.

Jaime podía ayudarlos porque tenía un camión en el que transportaba tomates que debían llegar a Santa Cruz. Aprovechándose de la amistad, Marcelo le pidió que los dejara viajar con él.

Jaime lo escuchó con atención y quedó en avisarlo. Sin embargo, pasaron las horas sin que Marcelo recibiera noticias suyas. El pobre Jaime no le dijo que cuando pensaba en acercarse a Amparo, se le ponían los pelos de punta. Tampoco le contó que era muy supersticioso. Esto le impedía subir a la muchacha en su camión. Creía que si lo hacía, probablemente se saldría en alguna curva, caería rodando por uno de los barrancos y nunca localizarían su cuerpo.

CAPÍTULO 6

Acabante: inmediatamente después,
recién terminado.

La tercera ocasión en la que Amparo se comportó de una manera extraña fue en octubre. Por su culpa, doña Lola y Marcelo se encontraron ante una desagradable situación. Ocurrió a primera hora de la tarde cuando fueron a visitar a una mujer que había dado a luz.

Acabante de llegar, la parturienta le preguntó a Amparo si quería coger al bebé. La chica se negó a tocarlo. La joven madre insistió y le dijo que si es que no le agradaban los niños. Entonces, Amparo le contestó llorando: «Sí me gustan, pero este… ¡huele a muerto!».

Durante todo el camino de regreso, doña Lola iba mordiéndose los labios para no gritarle a su hija. Temía agravar la situación si hablaba en la calle y alguno de sus vecinos o vecinas la escuchaban.

Marcelo no lograba entender por qué Amparo a veces se comportaba como si estuviera poseída por el mismísimo demonio. Seguramente por eso, se acercó a ella, le puso la mano en el hombro y le pidió que se calmara.

Marcelo, además, le rogó a su madre que le permitiera encargarse de aquello. Así que doña Lola cogió los hilos y se sentó enfadada por fuera de la cueva a hacer las rosetas que solían vender.

Los hermanos estuvieron hablando dentro el resto de la tarde. Nadie sabe qué se dijeron, pero al salir, Amparo parecía más tranquila. Por desgracia, su bienestar duró muy poco; media hora después, las campanas de la iglesia comenzaron a doblar anunciando que alguien había muerto.

Esa noche Amparo encendió una vela y dejó que la esperma caliente cayera sobre la palma de su mano. Luego moldeó con los dedos una pequeña figura que metió en una cajita.

Los siguientes días, a pesar de que tendrían que haber ido a trabajar, doña Lola y Marcelo prefirieron no alejarse de Amparo. Aprovecharon para hacer las reformas que tenían pendientes desde hacía tiempo.

Juntos sustituyeron la tela de saco que tapaba la entrada de la casa por una puerta. Encima de ella existía un hueco en el que colocaron una pequeña ventana. Marcelo, con gran habilidad, fabricó una hoja de madera que podrían cerrar desde el interior cuando quisieran.

Doña Lola y Amparo limpiaron el suelo de arena y cal, las conejeras... También hicieron rosetas.

A pesar del trabajo, el tiempo pasó con lentitud mientras esperaban con impaciencia que llegara alguna visita para poder preguntarle quién había fallecido, pero no vino nadie.

Les extrañó que ni el compañero de faena de Marcelo ni las mujeres con quienes doña Lola recorría los caminos se preocuparan al ver que no aparecían. Ni un solo ser humano se asomó por allí para comprobar si estaban bien.

Una de esas noches, antes de que oscureciera, doña Lola, Marcelo y Amparo cenaron en silencio. Marcelo se acostó temprano. Ellas, alumbrándose con la luz de un quinqué, aprovecharon para hacer rosetas hasta bien tarde.

La misma señora que les traía el hilo para las rosetas se las compraba por docenas cuando las acababan. Les pagaba una miseria por tantas horas de trabajo, pero ese pequeño ingreso era importante para la familia.

Amparo se despertó con las primeras luces del alba. Se vistió sin hacer ruido, guardó en su bolsillo la figura de cera y abandonó la vivienda. Sabía que el entierro estaba a punto de celebrarse, por eso tenía prisa.

Una vez en la calle, echó a correr hacia la iglesia. Iba descalza, sin embargo, recorrió con premura la distancia que la separaba del templo. Al entrar, se acercó a una de las columnas y colgó la pequeña figura con forma de bebé que había esculpido.

Tras esto se arrodilló y prometió ante la cruz que haría cualquier cosa si el bebé seguía vivo. Desesperada, juró delante del altar que se vestiría con hábitos durante un año si su deseo se convertía en realidad.

Salió de la iglesia abrumada y se dirigió con paso ligero hacia el cementerio asegurándose de que no la vieran. En las inmediaciones del camposanto existía un árbol frondoso. Se subió en él y esperó escondida entre las abundantes hojas.

Amparo rezó y solo dejó de hacerlo al escuchar los lamentos. La comitiva del entierro venía caminando. Ya quedaba poco para que llegaran a donde ella se encontraba.

El pánico se apoderó de la muchacha y tuvo que agarrarse con fuerza a una de las ramas al distinguir lo que transportaban: un minúsculo ataúd blanco. No pudo contener las lágrimas viendo pasar la pequeña caja.

Detrás del ataúd iban dos monaguillos, un señor que cargaba una cruz enorme de madera, dos sacerdotes, varios niños, algunos familiares del bebé, Marcelo y la mayoría de los vecinos del pueblo.

Cuando se marcharon, se bajó del árbol y arrastrando los pies regresó a su casa. Creía que nunca podría ocurrirle algo peor que aquello. No podía imaginar que la situación iba a empeorar rápidamente.

Capítulo 7

*Fos: interjección que se usa
para expresar desagrado
cuando se percibe un mal olor.*

El día del entierro, Marcelo entró en su hogar sin saludar. Estaba pálido y tenía el cabello revuelto. Se sentó en una silla sin decir nada. Entonces, se tapó la cara con ambas manos y comenzó a llorar desconsoladamente. Amparo se acercó a él e intentó tranquilizarlo:

—No te preocupes, Marcelo, sé que el recién nacido murió, cálmate, por favor.

—No se imaginan lo que acaba de ocurrir. Es horrible… —dijo él.

Tras varios segundos, Marcelo les contó algo que provocó que se les pusiera la carne de gallina. Su relato comenzó así:

—El bebé murió. Su madre descubrió que no respiraba poco después de que nos fuéramos de allí.

Marcelo carraspeó, le costaba hablar sobre lo que había descubierto. Pese a eso, continuó:

—Después del velatorio, fuimos al cementerio, pero no pudieron enterrarlo porque se olvidaron de coger el certificado de defunción. Uno de los niños se ofreció a ir a buscarlo. Los demás nos quedamos esperando a que el chiquillo regresara.

—Marcelo, me estás asustando —comentó doña Lola.

Marcelo se levantó y dio varias vueltas por la habitación. No sabía cómo describirles lo sucedido. Cuando consiguió articular palabra, tartamudeaba:

—Mientras-tras esperá... bamos, la gente se disper-persó por el camposanto. Yo me que-quedé en una esqui-quina. Vi aparecer a Cesáreo, el ci-ciego de Valle San Lorenzo. El anciano llegó so-solo. Usaba la va-vara que siempre lleva para guiarse. Me acerqué a él. Nos saludamos. Ense-seguida levantó la cabeza como si olisqueara el aire. No le di... No le di importancia. El hombre me-me preguntó si-si yo no lo no-notaba. «¿El qué?», le pregunté. «El olor», me explicó. «No», le respondí.

—¡Continúa, Marcelo, por favor! —le pidió Amparo.

—El ciego se puso pesado asegurando que algo apestaba. Llegó, incluso, a gritarme pidiéndome que lo ayudara a averiguar de dónde procedía el tufo. Me sentí obligado a acompañarlo al ver cómo se tambaleaba caminando entre las tumbas por el terreno irregular. Temí que pudiera tropezar y caerse.

—Tómate un vasito de agua antes de seguir con la historia —sugirió doña Lola.

Marcelo aceptó el vaso y, después de mojarse los labios, habló:

—Seguí a Cesáreo y al levantar la cabeza vi cincuenta o sesenta moscas que sobrevolaban una de las sepulturas más antiguas. Cesáreo la señaló diciendo: «¡Fos! ¡Fos! ¿No te das cuenta? El mal olor viene de ahí».

Marcelo tragó saliva. A continuación, les contó lo sucedido:

—Cesáreo quiso acercarse a la tumba, y una vez que estuvo junto a ella, pasó la mano por encima de la lápida. Así descubrió una grieta en el mármol. Por ese pequeño hueco las moscas entraban y salían de la tumba. Entonces yo también noté el pestazo. Lentamente llegaron hasta donde estábamos los monaguillos, unos ancianos y cuatro o cinco niños.

Amparo pensó que se iba a desmayar cuando escuchó lo que Marcelo explicó:

—Todos notábamos el mal olor, aunque no sabíamos qué hacer. Yo propuse avisar a la guardia civil, pero alguien aseguró que era preferible quitar el mármol para abrir la tumba.

—¡Por Dios, Marcelo! —exclamó doña Lola—. ¡Dime que no la profanaron!

—Madre, ojalá no lo hubiéramos hecho... —admitió avergonzado—. ¡Aunque viva cien años, nunca podré olvidar lo que encontramos! Varios hombres rodaron la tapa de mármol y contemplamos algo horrible. Allí dentro, rodeado de gusanos y moscas, había un cadáver en un estado de descomposición bastante avanzado. En un principio parecía imposible reconocer al difunto. Sin embargo, de repente, vimos algo que nos sirvió para identificarlo.

—¿Qué vieron, mi niño? —le preguntó doña Lola.

Antes de contestar, Marcelo miró a Amparo y con voz ronca dijo:

—Vimos mechones de cabellos pelirrojos... ¡Era William!

Los tres permanecieron callados. Poco podían decirse.

El resto del día apenas intercambiaron unas palabras. Esa noche les costó dormirse. Afuera, el viento soplaba con fuerza agitando la pequeña ventana. El ruido resultaba estremecedor.

A las cuatro de la mañana oyeron ladrar al perro. ¿Qué ocurría para que el animal se exaltara? Enseguida escucharon los primeros insultos: «Bruja, asesina, sinvergüenza, desgraciada, perra maldita...».

Marcelo saltó de la cama y en dos zancadas se colocó al lado de una rendija que tenía la puerta. Esto le permitió ver parcialmente el exterior. Al distinguir las antorchas y los quinqués que chisporroteaban en medio de la oscuridad, calculó que debía de haber unas treinta personas.

El joven se separó de la entrada y buscó su navaja. La agarró con fuerza. Notó que el griterío aumentaba. Deseó salir para defender a su hermana, pero su madre se lo impidió. Según ella, eso solo serviría para empeorar las cosas.

Mientras todo esto sucedía, Amparo temblaba. Doña Lola le pidió susurrando que se tranquilizara y que no hiciera ruido. La joven obedeció y se tapó con una manta para no escuchar.

Su madre y su hermano se movieron sin perder el tiempo. Primero comprobaron que habían cerrado bien la hoja de la ventana. También arrastraron el pesado armario de madera y lo colocaron tras la puerta.

Marcelo permaneció toda la noche haciendo guardia junto a la ventana. Temía que aquella gente intentara entrar. Le hubiera gustado que don Miguel estuviera allí porque el miedo le impedía pensar con lucidez.

Fue una noche larga en la que decidió que tenía que hablar seriamente con Jaime García para que les echara una mano. Creía que la amistad de su amigo sería suficiente para que los ayudara a escapar.

Por la mañana, Amparo pensó que su madre ya no estaría enfadada con ella. Así que se acercó para darle un beso. Sin embargo, doña Lola la rechazó a la vez que le decía:

—¡No vas a salir de casa hasta que aprendas a cerrar la boca!

Capítulo 8

Medianía: en las islas de mayor relieve,
parte intermedia entre la cumbre
y las zonas costeras, con clima,
vegetación y cultivos específicos.

La cuarta ocasión en que Amparo se comportó de una manera peculiar fue en noviembre.

La joven llevaba más de un mes sin alejarse de su domicilio. Solo cruzaba el umbral alguna vez para ir al pequeño corral que existía junto a la vivienda. Su madre le había ordenado que no saliera. Las rosetas, incluso, debía hacerlas en el interior de la casa.

La chica pasaba las horas con el pequeño cojín relleno de serrín entre los dedos. En él tenía preparado el pique: una hilera de alfileres colocados formando un círculo. En el centro sobresalía otro alfiler. Con gran habilidad, se entretenía cruzando el hilo entre ellos.

A doña Lola no le gustaba dejar a su hija sola después de lo ocurrido, pero no le quedaba más remedio que trabajar para alimentarlos. La primera jornada en la que volvió a cargar su cesta con pescado fue sin lugar a dudas la peor, porque notó que las pescadoras y las marchantas se ponían histéricas al verla aparecer.

La madre de Amparo no quería enfrentarse a nuevos problemas, por eso decidió separarse del grupo sin decir nada y utilizar los caminos que ya no se usaban para subir a las medianías. Transitar por ellos le resultó muy duro.

Marcelo experimentó el mismo rechazo, puesto que su compañero de faena se negó a echarse a la mar con él. El muchacho buscó dentro y fuera del pueblo a alguien que quisiera acompañarlo, pero no encontró una sola persona dispuesta a montarse en su barca.

Ni doña Lola ni Marcelo le contaron a Amparo lo que les ocurría. Prefirieron no angustiarla. Tampoco le dijeron que planeaban mudarse, aunque no sabían a dónde.

Marcelo creía que debían ir a Buenavista, ya que doña Lola había nacido allí y conocía la Isla Baja como la palma de su mano. A ella no le parecían motivos suficientes, por eso le costó convencerla.

Marcelo fue a hablar otra vez con Jaime García y volvió a explicarle que necesitaban alejarse de Arona. A Jaime le dio pena la situación en la que se hallaba su amigo y de nuevo se comprometió a llevarlos en el camión.

Sin embargo, un día antes de la fecha acordada para trasladarlos, Jaime se inventó una excusa para no tener que estar cerca de Amparo. Fue así como

Marcelo y doña Lola supieron que no iban a poder contar ni con él ni con nadie.

Ajena a todo esto, Amparo seguía encerrada en la casa. Le costaba dormir, y probablemente por ello, una mañana, se levantó bastante temprano. Su madre y Marcelo ya se habían marchado, cuando oyó a la cabra balando de una manera insólita.

Amparo abrió la puerta y asomó la cabeza para saber qué provocaba aquella inquietud en el animal. Vio a la cabra encima del montículo. Parecía más alterada que de costumbre.

Ignorando el peligro que la acechaba, salió al exterior canturreando. El calor a esas horas ya resultaba asfixiante pese a que el sol acababa de aparecer en el horizonte. Hacía una semana que no soplaba ni siquiera una leve brisa y la calima invadía cada rincón.

Con calma se sentó en una banqueta para ordeñar a la cabra. Separó las piernas y se inclinó sobre ella. Puso sus manos en las ubres y, al apretarlas, se escuchó el ruido de la leche cayendo dentro del cacharro. En ese momento algo se movió a sus espaldas.

Viró la cara, pero no vio a nadie. «Deben de ser imaginaciones mías», pensó. Así que continuó con su tarea hasta que se le hizo un nudo en el estómago al darse cuenta de una cosa terrible: no estaba sola.

Antoñito, el hijo de don Antonio Valdés, se encontraba al lado del gallinero. ¿Qué hacía ahí? Lo saludó con un leve movimiento de cabeza. No le gustó cómo la miraba.

—¡Buenos días! ¿Está tu madre en casa? —le preguntó.

—No.

—¿Sabes a dónde fue?

—Salió de madrugada a por el pescado —respondió ella.

—¿Y dónde está tu hermano?

—Limpiando una finca.

—¡Vaya! ¿Y regresarán pronto?

—Dentro de unas horas.

—Entonces... ¡Tenemos tiempo! —aseguró, mientras caminaba hacia ella y le pasaba los dedos por el cuello.

Amparo se levantó. Sus manos y su frente comenzaron a sudar. Notó que Antoñito se acercaba demasiado. Con asco recibió el primer beso. Se limpió la boca con la manga de la camisa a la vez que le escuchaba decir:

—Eres muy guapa...

—¡Vete, por favor!

Amparo retrocedió para alejarse de Antoñito. Su esfuerzo resultó inútil porque la agarró con fuerza por el cabello.

—A mí no me importa tu fama de bruja —declaró aproximándose tanto a su cuerpo que ella pudo percibir el olor a alcohol y tabaco que emanaba de su boca.

—¡Por favor, suéltame!

—¿Por qué? —quiso saber.

Antoñito Valdés la arrastró hasta el interior de la vivienda y cerró la puerta para evitar que su presa escapara.

—¡Déjame salir, por favor! —le suplicó.

—Si eres buena, saldrás dentro de un rato —comentó intentando levantarle la falda.

—¡Déjame, por favor!

—¿No quieres darme un beso?

—¡No!

—¿Por qué no quieres darme un beso?

—¡Porque apestas a muerto! —contestó Amparo.

Tras escuchar esto, el hombre contempló, boquiabierto, los ojos grises de Amparo. Le extrañó porque sabía que siempre los había tenido canelos. ¿Cómo había logrado que cambiaran de color?

Antoñito se enfureció al pensar que le decía que olía a muerto para quitárselo de encima, por eso la empujó con todas sus fuerzas y su cabeza chocó contra una de las paredes. La muchacha notó que un líquido caliente le resbalaba por la nuca. Al tocarse el cabello, los dedos se le llenaron de sangre. Durante unos segundos vaciló, pero enseguida reaccionó.

Amparo usó las uñas para defenderse y logró incluso arañarle la cara. Eso no fue suficiente, porque Antoñito sonrió satisfecho al comprobar que podía someterla. Los dos se miraron fijamente. Él se sintió poderoso. Ella supo que no podría escapar y cerró los ojos mientras él le manoseaba los pechos.

Entonces ocurrió algo asombroso. A pesar de que la casa cueva permanecía cerrada a cal y canto, la melena oscura de Amparo comenzó a moverse como si la agitara un viento huracanado.

Amparo volvió a hablar.

—¡Apestas a muerto y antes del mediodía vas a entregar la pelleja!

La sonrisa de Antoñito se desvaneció al contemplar el movimiento de sus cabellos y ver que la vela de la estantería se apagaba como si alguien hubiera soplado sobre ella. Con rabia exclamó:

—¡Esto no va a quedar así! —Y se marchó como alma que lleva el diablo.

Antoñito Valdés andaba, sin duda, abrumado por aquella conversación, pues repetía en voz alta una y otra vez la misma frase:

—Tonterías, tonterías de una machanga que juega a parecer embrujada. Tonterías.

El joven aceleró el paso para llegar lo más rápido posible a la empaquetadora de tomates en la que a esas horas solía estar su padre. Tenía que contarle que Amparo le echó una maldición. Su progenitor no permitiría que muriera. Él sabría qué hacer.

Por el sendero, se encontró con varios empleados de don Antonio Valdés y les comentó que Amparo acababa de hacerle mal de ojo. También vio al capataz de una de las cuadrillas y apresuradamente le confesó que temía morir por culpa de aquella maldita mujer.

Antoñito Valdés siguió su camino. Le hubiera gustado olvidarse de las palabras que Amparo pronunció, pero no lo logró. Quienes se cruzaron con él, afirman que tenía mala cara. Esa misma mañana su corazón dejó de latir.

Capítulo 9

Jable: arena de playa.

Amparo seguía temblando bastante después de que Antoñito Valdés se marchara. Sabía que este había ido a buscar a su padre, el poderoso don Antonio Valdés. Sintió pánico al imaginar qué haría el terrateniente al enterarse de lo ocurrido. Tenía que avisar inmediatamente a su madre. Por eso, salió a toda velocidad de la cueva y comenzó a ascender descalza por el sendero que tantas veces recorrió desde niña con ella.

Por el camino se cruzó con un camellero que conocía. El hombre avanzaba guiando a su camello que cargaba jable y andaba muy despacio. Amparo le preguntó si había visto a doña Lola. Él negó con la cabeza mientras tiraba del camello para alejarse.

Amparo deseó, en silencio, que su madre no estuviera camino de Ifonche o de Vilaflor, porque si era así, le costaría dar con ella. Intentó no pensar en eso y se centró en acelerar. Si se esforzaba, tal vez lograría alcanzarla.

No se desanimó aunque no la viera por fuera de ninguna de las casas que existían junto al sendero. Debía localizarla antes de que los empleados de Valdés dieran con ella, pero… ¿dónde se había metido? La joven llegó jadeando a la ventita en la que doña Lola solía intercambiar el pescado por aceite. La anciana que se encargaba del negocio, al descubrir que Amparo estaba allí, salió atropelladamente de detrás del mostrador y cerró la puerta dejándola en la calle.

Amparo pasó por la venta de doña Corinila, también por la de Funche y por la de don Pepe, el de la esquina. Todos se sobresaltaron al encontrarla. Ninguno fue capaz de decirle una sola palabra. La muchacha, desmoralizada, continuó andando. Al doblar la esquina tropezó con doña Isabelita, la del bar, que se sorprendió al toparse con ella por el pueblo y darse cuenta de que llevaba la blusa manchada de sangre.

—¿Sabe dónde está mi madre?

Doña Isabelita le respondió titubeando:

—Fue… hacia… hacia Las Casas.

Amparo respiró aliviada al recibir la información, así que dando grandes zancadas logró subir por la dura pendiente que separaba el pueblo de ese lugar. Durante el trayecto coincidió con varias personas que la esquivaron.

Con el calor, la ropa se le pegaba al cuerpo. Estaba agotada. A pesar de ello, siguió adelante.

No paró ni un solo segundo. Esto le permitió entrar enseguida en la zona que llamaban Las Casas.

Amparo se apartó del camino central y giró a la izquierda. Atravesó el pequeño callejón en el que tantas veces había jugado con los hijos de doña Fidencia. Posiblemente doña Lola estuviera allí cambiando el pescado por papas, nísperos o higos. Doña Fidencia, al verla, la saludó desde la azotea agitando la mano. La señora adoraba a Amparo, por eso no creía que fueran verdad las cosas que se decían sobre ella. Amparo movió su brazo y se acercó para que la mujer pudiera oírla:

—Doña Fide, ¿sabe dónde está mi madre?

—Acabante de irse. ¡Sube y tómate un vasito de agua!

—No puedo, necesito encontrarla... ¡Es urgente! —contestó.

—Se fue hacia la venta de Joseíto a comprar fiado.

—No la vi al subir —comentó Amparo.

—No te encontraste con ella porque bajó por el camino viejo. ¿Pasó algo?

Amparo asintió compungida. No quería llorar, ahora no, antes tenía que hablar con su madre. Solo pudo decir:

—Antoñito Valdés...

Doña Fide la miró a los ojos y le preguntó:

—¿Te hizo algo ese sinvergüenza?

Amparo bajó la cabeza. Su gesto fue suficiente para que doña Fide se fijara en su ropa y viera la sangre. Por eso le gritó:

—¡Corre, Amparo! ¡Corre! ¡Ve con tu madre! Si corres, la alcanzarás pronto. ¡Corre, mi niña! ¡Corre!

Amparo echó a correr sin despedirse. Doña Fide también, aunque en otra dirección. Debía pedir ayuda porque un problema con Antoñito Valdés podía acarrear serias consecuencias.

La gente de Arona estaba harta. La anciana sabía que nadie admitiría un nuevo atropello por parte de don Antonio Valdés o de su hijo. Sin embargo, todo ocurrió tan deprisa que ningún vecino llegó a tiempo para ayudarlas.

CAPÍTULO 10

Desagallado: ansioso por lograr o satisfacer algún deseo o necesidad.

Mientras Amparo bajaba con agilidad, doña Fide subía con dificultad por la montaña. A la señora le costaba moverse, pero ni el reuma ni la artrosis que le había retorcido los dedos lograron detenerla.

Minutos después, al coger la curva, Amparo distinguió la silueta de su madre a lo lejos. En ese preciso instante atravesaba la plaza del pueblo. Llevaba la cesta sobre la cabeza.

—¡Madreee! —gritó.

Doña Lola giró y contempló a su hija que se dirigía hacia ella. Al verla, supo que había ocurrido alguna desgracia. ¿Le había pasado algo a Marcelo? ¿Habría llegado una funesta noticia relacionada con su marido desaparecido?

Doña Lola se santiguó esperando a que Amparo se acercara. Cuando la tuvo al lado, no pudo preguntarle nada porque escuchó un murmullo. Eso provocó que mirara hacia atrás. Descubrió que la plaza se había llenado de gente. Escudriñó sus caras. No eran de Arona, provenían de otro sitio. ¿Qué sucedía? ¿Por qué se encontraban en el pueblo?

La mayor parte de estas personas comenzaron a avanzar hacia ellas sin decir nada. Las dos tuvieron la sensación de que las examinaban con rabia. Un incómodo silencio se adueñó de la calurosa mañana.

Doña Lola divisó entre la muchedumbre al capataz de don Antonio Valdés. Le dio mala espina. Todo el mundo sabía que ese hombre agarraba su navaja con demasiada frecuencia. Más de uno había perecido tras enfrentarse a él.

Con disimulo, doña Lola empujó a su hija. Quería sacarla inmediatamente de allí. Notaba el peligro. No se equivocaba. Quienes acababan de presentarse en la plaza no tardaron en rodearlas.

Doña Lola y Amparo quedaron en medio del terrible círculo. La madre y la hija observaron los semblantes indignados de aquellos hombres y mujeres. Parecían desagallados. Ningún rostro mostraba compasión. Estaban solas ante el gentío.

Nadie recuerda quién empezó a gritar, tampoco quién escupió por primera vez, pero en unos segundos el resto se animó a hacer lo mismo. Luego comenzaron a agarrar la ropa de Amparo y a tirar de sus prendas con fuerza.

Doña Lola intentó proteger a su hija poniéndose delante de ella, pero entonces la atacaban a sus espaldas. Sabía que era una batalla perdida; a pesar de eso, no dudó en enfrentarse a la multitud como si fuera una fiera.

Amparo, paralizada por el terror, se tapó los oídos. Sintió que le jalaban de la falda y se la quitaban. Notó que le rompían la blusa. Sufrió cuando la arrastraban de un lugar a otro agarrándola por los pelos y le golpeaban el cuerpo.

La muchacha cayó al suelo y le arrancaron la enagua. Avergonzada, se cubrió la cara con las manos. Mientras tanto, doña Lola luchaba contra todos. Por desgracia, resultaba imposible detenerlos.

De repente, doña Lola se quedó quieta y levantó los brazos hacia el cielo chillando:

—¿Quiénes van a morir esta noche? ¡Las personas a quienes mis dedos apunten padecerán grandes males y morirán... cuando estos dedos las señalen!

Doña Lola repitió aquellas frases. Esto ocasionó que descendiera el alboroto. Varios jornaleros y muchas mujeres huyeron. Solo se quedaron unas nueve o diez personas rodeándolas.

Doña Lola pronunció, de nuevo, las mismas palabras. Nadie más se movió a pesar de que ella los miró a los ojos. Pensó que con eso bastaría para que se largaran, pero no fue así.

Entonces, doña Lola, sin dejar de vigilarlos, se quitó lentamente la falda y con ella envolvió a su hija que tiritaba en el suelo. La mayoría contempló perpleja sus blancas enaguas.

La madre ayudó a Amparo a ponerse en pie, le pasó el brazo por encima de los hombros y juntas se marcharon en silencio. En ese preciso momento, comenzó a llover con fuerza. Las personas que quedaban en la plaza se mantuvieron allí, empapándose bajo la lluvia. El pánico las había paralizado. Durante años recordarían aquellos espeluznantes acontecimientos.

Tras alejarse de la plaza, doña Lola tiró de su hija obligándola a huir a tal velocidad que sus pies apenas rozaban el sendero. Sabía que corrían peligro y que tampoco estarían a salvo en su hogar, pero era el único sitio al que podían ir.

Seguía lloviendo cuando Marcelo las vio aparecer por el camino. Llegaron empapadas. El joven estaba muy preocupado desde que se enteró de que acusaban a su hermana de la muerte de Antoñito Valdés.

En el pueblo le habían contado que Antoñito Valdés falleció después de que ella le echara una maldición. Al escuchar esto, Marcelo apretó los puños y la mandíbula pensando: «Espero que ese tipejo no haya tocado a mi hermana».

Doña Lola sintió un gran alivio al encontrarse con Marcelo. Los dos intercambiaron una mirada y con celeridad atravesaron la entrada de la casa, cerraron la puerta y encendieron varias velas para alumbrar la estancia.

La madre se acercó a Amparo y le retiró el cabello de la cara para curarle las heridas. Mientras tanto,

Marcelo afilaba su navaja sentado en el suelo. La muchacha levantó la cabeza y llorando les preguntó:

—¿Por qué me ocurre esto? ¿Por qué me odia la gente? ¿Es que no hay nadie que me quiera?

—Yo te quiero, mi niña —respondió doña Lola—. Y tu hermano Marcelo también te quiere, pero tienes que aprender a cerrar la boca para no meternos en problemas.

Capítulo 11

Naife: cuchillo o navaja grande.

El día que sufrieron el altercado en la plaza, doña Lola y sus hijos se refugiaron dentro de la casa y no volvieron a salir. Tras curarle las heridas a Amparo, las mujeres rezaron e hicieron rosetas durante horas, y Marcelo se tumbó y estuvo casi todo el rato con los ojos cerrados.

Los minutos pasaron despacio. Solo se oía el segundero del reloj. Permanecían alerta, aunque no lo dijeran. El silencio resultaba incómodo, pero preferían eso a expresar lo que sentían.

Poco a poco, las velas se fueron consumiendo y el hogar quedó sumido en penumbras. No les apetecía quedarse a oscuras, así que cogieron el pequeño quinqué de petróleo y lo colocaron sobre la mesa.

Afuera no se escuchaba ningún ruido. Tanta calma parecía augurar lo peor. Seguramente por ello, se sobresaltaron cuando sintieron que alguien tocaba en la puerta del hogar. Primero con delicadeza y luego con más fuerza.

Marcelo, doña Lola y Amparo se miraron. Los golpes en la puerta se repitieron con mayor intensidad. ¿Quién podía ser? En ese momento oyeron la voz de un hombre que gritaba con insistencia:

—¡Marcelo, corre! ¡Marceeeelooo, cooorreee...!

Amparo, aterrada, se acurrucó en una esquina. Su madre se inclinó sobre ella y la abrazó. Su hermano se puso en pie. Lo hizo despacio para no hacer ruido. Agarró con fuerza el naife. Se aclaró la garganta y se acercó a la puerta. Con voz ronca preguntó:

—¿Quién anda ahí?

—Soy Jaime García. ¡Abre! ¡Vengo a llevarlos *pal* norte!

—¡No le abras! —le suplicó Amparo llorando.

—¡Abre, que los voy a llevar *pal* norte! —repitió Jaime.

—¡No abras, no abras! —insistió Amparo.

Marcelo dudó. Observó a su hermana que temblaba entre los brazos de su madre. Apoyó la frente en la puerta sin saber qué hacer. Entonces, sin pensarlo más, giró la llave y la puerta se abrió. Marcelo solo sacó la cabeza. Al ver a su amigo le dijo:

—¿Y por qué nos vas a llevar ahora *pal* norte?

—Porque soy idiota y porque los hombres de Valdés vienen de camino para matar a Amparo.

Sus palabras provocaron que la familia corriera hacia el camión. Antes de salir de la casa, Marcelo agarró la lata en la que guardaban los pocos ahorros que poseían. No tuvieron tiempo de coger otras cosas.

Los tres se subieron apresuradamente al vehículo. Jaime se sentó en la cabina y detrás, tapados con una manta y rodeados de cajas de tomates, se recostaron doña Lola, Marcelo y Amparo.

Jaime cebó el motor y arrancó. Quería ir rápido, pero tuvo que aminorar la velocidad cuando cincuenta metros después se encontró de frente con una muchedumbre que ocupaba la carretera. Cargaban palos y se alumbraban con quinqués. No le hizo falta interrogarlos para saber que se dirigían hacia el hogar que acababan de abandonar. Se alegró de haber llegado antes que ellos.

Frenó y saludó con la mano a cuatro o cinco conocidos. La mayoría apenas le devolvieron el saludo. Uno sí se paró para contarle que Amparo le lanzó una maldición a Antoñito Valdés y que por su culpa este había muerto. Otro le dijo que no era la primera vez que la muchacha lanzaba conjuros, levantaba varios metros a la gente del suelo o acababa con sus vidas.

Amparo se sintió aturdida al escuchar aquellas mentiras. Marcelo luchó consigo mismo para no asomarse y defender a su hermana. A su lado, su madre rezaba agarrando la medallita de la Virgen de los Remedios que colgaba de su cuello.

Jaime se despidió y de nuevo puso el camión en marcha. Siguió avanzando con lentitud y tras la primera curva, al comprobar que los perdía de vista, apretó el acelerador. Durante horas el joven condujo atravesando con cuidado los puentes para sortear los barrancos.

El vehículo se movía dando bandazos en medio de la oscuridad. Sabían que el camino era largo, pero a todos les parecieron interminables las mil y una curvas que servirían para alejarlos del peligro.

Jaime detuvo el camión en Güímar. Paró allí porque su tía, doña María García, tenía una fonda en la que muchas personas se alojaban o comían si iban hacia la capital o regresaban de esta.

Doña María era una mujer robusta. Tenía el cabello blanco y las manos enormes. La señora les ofreció dormir en el almacén a cambio de que Marcelo le limpiara sus huertas. Además, les garantizó que su marido podría trasladarlos a Santa Cruz una semana después.

Jaime se disculpó por no haberlos llevado él mismo hasta Santa Cruz. Temía que don Antonio Valdés o alguno de sus hombres notaran su ausencia y se dieran cuenta de que los ayudó a escapar. Doña Lola y Marcelo lo tranquilizaron diciéndole que nunca olvidarían lo que hizo por ellos. También le comentaron que, seguramente, la mayoría pensaría que habían huido por mar o que se dirigían hacia Tamaimo; nadie sospecharía de él.

Jaime los apreciaba; aun así, respiró aliviado cuando llegó el momento de irse. El chico abrazó emocionado a su amigo. Luego, se subió en el camión y se alejó a gran velocidad. Temía que antes de marcharse Amparo le dijera que olía a muerto.

Capítulo 12

Gofio: harina de millo, trigo, cebada u otros granos tostados.

Al día siguiente, doña Lola, Amparo y Marcelo trabajaron desde primera hora de la mañana hasta que cayó la tarde. Doña Lola y Amparo limpiaron cada rincón del negocio y fueron a buscar agua en varias ocasiones. Marcelo cumplió con su palabra y se encargó de las huertas.

A pesar del esfuerzo, esa noche estaban de buen humor cuando se sentaron a cenar con la dueña de la fonda y con su esposo.

Pasaron un rato muy agradable escuchando al matrimonio contar historias sobre la época en la que eran jóvenes. Amparo miró de reojo a su madre y la vio reírse. Hacía meses que no la veía sonreír. Seguramente por eso deseó quedarse a vivir allí.

Tras cenar, ayudaron a recoger la mesa y se marcharon al almacén. Era un lugar húmedo en el que habían guardado durante décadas todo tipo de objetos, muebles, garrafas…, pero no les importó.

Con tranquilidad extendieron en el suelo las mantas que doña María les prestó y se acostaron encima de ellas. Por primera vez en mucho tiempo durmieron sin temer que los atacaran.

El segundo día se levantaron temprano. Estaban recogiendo las mantas cuando doña María les pidió que desayunaran con ella. Amparo había recuperado el apetito y disfrutó aquella comida.

En cuanto acabaron, Marcelo continuó limpiando las huertas. Amparo y doña Lola cargaron sobre sus cabezas las sábanas de la fonda para ir a lavarlas. Las restregaron con energía y las extendieron para que se secaran al sol. Al regresar, sacudieron cada uno de los colchones rellenos de crin e hicieron las camas.

Esa noche volvieron a dormir plácidamente. Sin embargo, antes de que amaneciera, doña María los despertó. A todos les extrañó que apareciera en mitad de la noche. Enseguida supieron que algo no iba bien.

La señora les contó que un hombre acababa de llegar preguntando por ellos. También les aseguró que ofrecía una buena recompensa a quien le diera alguna pista relacionada con su paradero. Amparo bajó la cabeza y se echó a llorar.

—¿Qué le dijo? —le preguntó Marcelo mientras se incorporaba dando un brinco

—¡Nada! —respondió ella.

—Por favor, doña María, ayúdenos —le suplicó Amparo.

—No quiero saber por qué los busca. ¡Pero tampoco quiero follones en la fonda! ¡Tienen que largarse ahora mismo! —les dijo la anciana.

—¡Nos iremos, pero no le diga que nos ha visto, por favor! —le suplicó doña Lola.

Doña Lola y Amparo estaban dispuestas a marcharse corriendo. No sabían hacia dónde debían dirigirse, lo único que tenían claro era que debían alejarse lo más pronto posible de allí. Marcelo les recomendó que se calmaran. Antes de huir, debían comprobar que se trataba de alguien que, efectivamente, los perseguía. Por eso, Marcelo le pidió a doña María que describiera al forastero. La mujer estaba tan asustada que no era capaz de recordar su aspecto, lo único que le había llamado la atención fue el brillo maligno de su mirada.

Marcelo decidió acercarse a la pensión. Tenía que ver a aquel hombre. Amparo se colocó delante de él para impedírselo, pero su madre la agarró del brazo para que lo dejara ir.

Mientras Marcelo y doña María se dirigían hacia la fonda, Amparo y doña Lola recogieron las mantas del suelo. Luego, doña Lola abrazó a su hija y con sus dedos temblorosos le acarició la espalda.

Amparo cerró los ojos y apoyó la cabeza en el pecho de su progenitora. La muchacha escuchó que esta le decía susurrando:

—¡Reza conmigo, mi niña! —Y las dos comenzaron a rezar en voz prácticamente inaudible.

Al llegar junto al negocio, doña María le hizo señas a Marcelo para que supiera que el hombre se encontraba en el comedor. Marcelo agarró una piedra y la puso debajo de la ventana. Al subirse en ella, vio al visitante a través del cristal.

Solo necesitó un segundo para que se le virara el estómago. Sin lugar a dudas se trataba del capataz de don Antonio Valdés. Marcelo había presenciado en alguna ocasión sus peleas, por eso conocía su crueldad. El capataz estaba sentado en una de las mesas del fondo. No se dio cuenta de que Marcelo lo observaba en el instante en que él se metía en la boca una cucharada de gofio en polvo y un buen trago de vino. Marcelo se bajó de la piedra. Notó que las piernas apenas lo sostenían. Pese a eso, aceleró el paso para regresar al almacén. Una vez allí, solo pronunció tres palabras:

—¡Tenemos que irnos!

La madre y sus hijos iban a salir del almacén cuando doña María atravesó la puerta y les dijo:

—Mi marido fue a arrancar el camión, él los llevará a Santa Cruz. No me gusta ese señor. Ahora mismo está bebiendo vino sin parar. Si sigue haciéndolo, tendrá que dormir la mona antes de volver a ponerse en pie. ¡Váyanse!

—¿Por qué nos ayudan? —quiso saber Marcelo.

—Porque tuvimos un hijo al que persiguieron y mataron. Ojalá alguien le hubiera echado una mano. ¿Te he dicho que se llamaba Juan?

Al escucharla, Amparo abrazó a doña María. La mujer, poco acostumbrada a recibir esas muestras de afecto, se deshizo del abrazo empujándola hacia el camión. Cuando este arrancó, la anciana se secó las lágrimas con las mangas del vestido.

Fue así cómo nuevamente se encontraron escondidos bajo una manta en la parte de atrás de un vehículo que daba tumbos en mitad de la noche. Después de partir, el capataz se quedó dormido sobre la mesa del comedor.

Capítulo 13

Pita: bocina de sonido potente que llevaban los vehículos.

El esposo de doña María aparcó su camión en un terraplén de Santa Cruz. Al bajarse, miró hacia los lados. Tras esto, se acercó a la parte de atrás y les pidió que no salieran. Luego orinó, se encendió un cigarro e intentó no dormirse para vigilar los alrededores.

Pasado el mediodía, el marido de doña María arrancó el camión y se dirigió hacia la parada en la que podrían coger la guagua que iba hacia el norte. Al llegar allí, apenas había gente.

Amparo, Marcelo y doña Lola sintieron un alivio inmenso al bajarse del vehículo. Les dolían las piernas, pero ninguno se quejó. Antes de que el anciano se marchara, le dieron las gracias y Marcelo le estrechó la mano con afecto.

El señor se limitó a contemplarlos sin decir nada y a entregarles una pequeña talega con varias pellas de gofio dentro que les había preparado doña María para que tuvieran algo que echarse a la boca.

Cuando el marido de doña María se montó en su camión, tocó la pita del vehículo y supieron que era su manera de decirles adiós y desearles buena suerte. Amparo y su madre se despidieron de él moviendo la mano.

La guagua que esperaban apareció al rato. Los tres contemplaron cómo circulaba balanceándose de un lado a otro. Era un vehículo rojo, con ruedas enormes, que soltaba bastante humo negro y espeso por el tubo de escape.

Al subirse, el conductor y el cobrador observaron a doña Lola. Era como si trataran de recordar de qué la conocían. La mujer bajó la cabeza y avanzó por el pasillo dándoles la espalda. Ella y su hija se sentaron en la cuarta fila. Marcelo se sentó justo detrás del chófer.

Doña Lola se tapó la cara con el chal y cerró los ojos. Respiró más tranquila en cuanto el vehículo arrancó. Dejó que el traqueteo de la guagua la meciera a la vez que se acordaba con añoranza de don Miguel. Amparo y Marcelo, sin embargo, se sintieron muy felices al notar que la guagua se movía. No querían perderse ningún detalle de los nuevos paisajes que surgían ante ellos, por eso se colocaron junto a las ventanas.

Enseguida, tres pasajeros comenzaron a hacerle preguntas a Marcelo: «¿Cómo te llamas? ¿Vas al norte a buscar trabajo? ¿Tienes familia en el norte? ¿Te gustaría quedarte a vivir allí?».

Doña Lola apretó con disimulo la mano de Amparo. Ese gesto bastó para que apoyara la cabeza en el hombro de su madre y cerrara los ojos haciéndose la dormida. Sabía que era preferible no hablar. Marcelo contestaba usando monosílabos y evasivas. El joven era consciente de que cualquier pista podía ocasionar que el capataz de don Antonio Valdés o alguno de sus hombres los encontraran. A Amparo le costó no participar en la animada conversación. Sí sonrió mientras oía el interrogatorio al que era sometido Marcelo: «¿De dónde vienes?», le preguntaron en diferentes momentos. Él siempre respondía: «De lejos».

—¿Y exactamente a dónde vas? —quiso saber un señor.

—A Garachico.

La muchacha no entendió por qué mentía su hermano.

—¿Y tienes novia? —le preguntó un anciano que llevaba puesta una boina negra.

La cuestión planteada provocó risitas entre los ocupantes de la guagua.

—No —dijo Marcelo con timidez.

Se escucharon más risas.

—Entonces... —volvió a insistir el anciano—, ¿no tienes novia?

Nuevas risas.

—Pues... —comentó el anciano usando un tono de voz extremadamente serio— ¿sabes que en el Puerto de la Cruz hay chicas muy guapas?

Risotadas.

El anciano esperó a que la algarabía disminuyera para volver a intervenir:

—Si no tienes novia, te puedo presentar a mi sobrina. Tiene más o menos tu edad y es muy guapa, lo único es que… le faltan tres o cuatro dientes.

Carcajadas generalizadas.

Amparo tuvo que taparse la boca con la mano para evitar que una carcajada también saliera de su boca. Le encantaban aquellas bromas y el alboroto que reinaba en la guagua. Todo ello facilitó que se sintiera sosegada.

El trayecto hasta La Laguna era largo, así que Amparo se entretuvo abriendo ligeramente los ojos para espiar, con disimulo, a las personas que estaban sentadas delante de ella. Comenzó observando al cobrador de la guagua. Llevaba una cartera de piel canela colgada a un lado. Escuchó que lo llamaban Anatael. Debía de ser un buen hombre, por cómo lo saludaban quienes se iban subiendo al vehículo.

Amparo también se fijó en un señor mayor. Tenía un gran bigote y sostenía una cachimba negra entre los labios. Era alto y transportaba una garrafa de vino vacía. La sujetaba entre las piernas. A su lado, viajaba una mujer gordita vestida de luto que llevaba una cesta con huevos en su regazo. Delante iba una muchacha que cargaba varios pares de zapatos para sus hermanos. Amparo lo sabía porque oyó cómo le contaba a otra que los compró en Santa Cruz aprovechando que fue a visitar a su madre al hospital.

Al llegar a La Laguna llovía con fuerza. El aire frío se colaba dentro de la guagua por las rendijas y las ventanas se iban empañando. Cada vez que se abrían las puertas del vehículo, Amparo sentía que se congelaba. La joven usó su mano para limpiar el vaho del cristal que tenía al lado. Gracias a eso, pudo ver lo que ocurría en el exterior. Le llamaron la atención los charcos y cómo el agua salpicaba hacia todos lados cuando la guagua pasaba por encima.

En una de las ocasiones en la que el vehículo se detuvo, le preguntó a su madre dónde estaban y ella le explicó en voz baja:

—En la iglesia de La Concepción.

La chiquilla contempló la inmensa fachada de piedra. Luego escuchó que Anatael elevaba la voz para saludar a alguien que se encontraba por fuera de la guagua:

—¡Buenos días, doña Matilde!

—¡Buenos días, Anatael! —contestó la aludida.

La anciana salió de una caseta de madera ubicada frente al surtidor de gasolina. Tenía puesto un mantujo cruzado en la cintura. Iba vestida de luto. La viejita, tras devolverle el saludo a Anatael, comenzó a ponerle gasolina a la guagua.

Algunas personas aprovecharon para apearse y otras para subir. La guagua tardó en volver a arrancar. La familia se alegró cuando por fin esta comenzó a circular bajo la lluvia.

Doña Lola se removió en el incómodo asiento de madera y de nuevo se tapó la cara con el chal. Amparo se entretuvo estudiando las gotas que resbalaban por los cristales a toda velocidad. Sin duda hacía más frío que media hora antes.

La guagua continuó avanzando con lentitud. El vehículo a veces paraba para recoger pasajeros o permitir que se bajaran. Con parsimonia atravesaron una zona con bastante neblina.

Amparo se emocionó al descubrir la vegetación que inundaba la mayoría de los rincones. Le gustaron las verdes montañas, las flores que crecían amontonadas en muchos patios o silvestres en el borde de la carretera y que la gente, al ver la guagua, les dijera «adiós» con la mano sin importarles si los conocían o no.

Todo le llamaba la atención. Seguramente por eso, se interesó por la conversación entre una mujer que venía de visitar a unos parientes de Tacoronte y otra que se subió en La Orotava.

La recién llegada le contó a la primera que acababa de comprar unas telas maravillosas. A Amparo le habría gustado estar sentada a su lado y que también se las hubiera dejado tocar, ya que hasta ese momento jamás había visto un tejido semejante.

En Icod de los Vinos se montaron dos jóvenes que venían enfadados hablando sobre una herencia que querían arreglar. Se colocaron a la derecha de Marcelo. Amparo no logró entender lo que se decían, aunque le habría encantado poder hacerlo.

La chica siguió observando; se dio cuenta de que casi todo el mundo transportaba cosas: telas, ropa, plantas, algún animal… También le pareció que a medida que pasaba el tiempo, la mayoría de las personas elevaban la voz.

A la altura de Garachico, se subieron una señora y su hija. La pequeña mecía entre sus brazos una muñeca de tela. Su madre avanzó con dificultad por el pasillo porque iba cargando un par de talegas. Antes de que encontraran un sitio libre, la guagua se puso otra vez en marcha.

Poco después, Marcelo se levantó de su asiento, giró la cabeza y las contempló. Amparo y su hermano se miraron fijamente durante unos segundos. El joven sonrió, y ella le devolvió la sonrisa.

El muchacho se acercó al conductor. Desde su asiento, Amparo no pudo oír lo que tramaban. Sí vio que Marcelo señalaba hacia afuera y que el chófer asentía con la cabeza. Entonces, el vehículo se detuvo y Marcelo se apeó.

Amparo intentó ponerse en pie para alcanzarlo, pero su madre la agarró para que no lo hiciera.

—¿A dónde va? —preguntó, inquieta, al notar que la guagua comenzaba a alejarse sin él.

—No te preocupes y baja la voz, no debemos llamar la atención.

—No deje que se vaya, madre... ¡Dígale al conductor que pare la guagua! —le suplicó mientras las dos veían a Marcelo en mitad de la carretera moviendo la mano para despedirse de ellas.

—¡Tranquilízate, mi niña! ¡Tiene que irse!

—¿Por qué? Madre, pídale al conductor que pare, por favor, todavía lo veo... ¡Dígale que pare!

—¡No, Amparo! Tiene que marcharse. Eres muy joven y hay cosas que no puedes entender.

—No podemos separarnos, dígale al chófer que pare... ¡Dígale que nos queremos bajar!

—¡No!

—¡Todo es por mi culpa! —exclamó gimoteando.

—Escúchame, tú no tienes la culpa de nada. Marcelo se reunirá con nosotras luego.

—¿Vendrá más tarde? —quiso saber.

—No, pero volveremos a verlo dentro de una temporada.

Amparo apoyó la frente en la ventana y cerró los ojos. Notó la vibración del cristal. Estaba frío. No pudo evitar que las lágrimas le resbalaran por la cara. Siguió llorando durante varios kilómetros. Tras esto, casi sin darse cuenta, se durmió.

Al ver que se había dormido, la madre la atrajo hasta su cuerpo y Amparo se acomodó somnolienta sobre su falda. Doña Lola apretó los puños deseando no llorar. Trató de calmarse. En silencio, se encomendó a la Virgen de los Remedios y le pidió que protegiera a su hijo.

Nunca se había separado de Marcelo y jamás pensó que se vería obligada a hacerlo. Le costó disimular la angustia que sentía. «Es un buen hombre, seguro que le irá bien», se dijo a sí misma.

La guagua continuó circulando por la Isla Baja y doña Lola rezando. Solo dejó de hacerlo cuando llegaron a la plaza de los Remedios. Una vez allí, los pasajeros, el conductor y su ayudante se apearon.

Antes de moverse, doña Lola contempló el exterior. Hacía muchísimo tiempo que no visitaba el norte de Tenerife. Se santiguó asustada y despertó a su hija creyendo que la distancia recorrida sería suficiente para alejarla del peligro.

La madre no podía imaginar que, a esas horas, el capataz de don Antonio Valdés ya había interrogado a bastantes personas en Santa Cruz. Una de ellas le garantizó que una mujer morena, un muchacho y una chica de trece o catorce años se habían subido en una guagua que iba hacia La Laguna.

Capítulo 14

Agoniado: angustiado, preocupado
por el exceso de trabajo
o de responsabilidades.

Amparo abrió los ojos sin saber dónde estaba. Entonces recordó lo ocurrido y supo que el pueblo que observaba a través de los cristales de la guagua debía ser Buenavista del Norte. La joven vio que varios vecinos y unas pocas vecinas se acercaban a recibir afectuosamente a los recién llegados. Algunos incluso los ayudaban a transportar sus mercancías cargándolas sobre los hombros o a la espalda.

Desde un principio, a Amparo le gustó el pueblo. Las casas ubicadas alrededor de la plaza eran grandes y muy bonitas. Existían árboles frondosos, jardines con flores y bancos para sentarse. Al fondo, se encontraba la iglesia.

Estaba mirando todo, cuando descubrió que doña Lola se había alejado de la guagua y desde una esquina de la plaza le hacía señas para que fuera a dar con ella inmediatamente.

Amparo se puso en pie, recorrió el pasillo lo más rápido que pudo y bajó los escalones con gran agilidad. Enseguida echó a correr hacia su madre. Esto provocó que llegara jadeando a su lado.

La muchacha reparó en que doña Lola llevaba la cabeza cubierta con el chal. Le asombró porque no hacía frío y apenas se le veía la cara. No le dijo nada, le preocupaba más otro asunto.

—¿A dónde vamos?

—A casa de mi madre —respondió doña Lola.

—¿A casa de quién?

—A casa de tu abuela Josefa.

—¿Mi abuela está viva? —preguntó Amparo, atónita.

—¡Eso espero! —contestó doña Lola.

Juntas recorrieron un pequeño tramo de la calle Verde con viviendas a los lados. Pararon frente a una casa blanca de dos plantas. La fachada tenía cuatro ventanas, dos arriba y dos abajo, colocadas en perfecta simetría.

La puerta de la vivienda permanecía cerrada, pero doña Lola la empujó con decisión y se abrió chirriando. Atravesaron un pequeño zaguán y al instante notaron un frescor agradable.

A Amparo le gustó aquel hogar. Contaba con un pequeño salón y un pasillo inmenso con helechas que colgaban del techo. Escuchó a varios pájaros piando. Debían de estar cerca, dentro de alguna jaula.

Amparo y doña Lola oyeron unos pasos que provenían del fondo de la casa. Poco después aparecieron dos ancianas idénticas que caminaban con dificultad. La que se apoyaba en un bastón avanzó hacia ellas. La otra se quedó quieta.

Eran muy delgadas y tenían el cabello blanco. Lo llevaban recogido en un moño que giraba formando una pequeña rueda sobre sus nucas. Iban vestidas completamente de negro.

—¡Lola! —dijo la que se acercaba sin expresar ningún tipo de emoción—. ¿Eres tú?

La otra señora permaneció inmóvil en mitad del pasillo sin decir nada.

—¡Sí! —contestó doña Lola.

—¿Qué haces aquí? —le preguntó doña Josefa.

—Madre, necesitamos quedarnos unos días.

—¿Y dónde está tu equipaje? —quiso saber.

—No tengo —respondió doña Lola.

Doña Josefa la miró de arriba abajo con desprecio y levantó su bastón para señalarla con él a la vez que exclamaba:

—Entonces es que vienes como te fuiste... ¡Huyendo de problemas!

Doña Lola bajó la cabeza, avergonzada. El incómodo silencio permitió que todas escucharan el tictac de un reloj que colgaba de una de las paredes del salón. Pasaron un par de segundos interminables hasta que doña Josefa apuntó con el dedo a Amparo y preguntó:

—¿Y quién es esta?

—Mi hija —reconoció doña Lola.

—¿Dónde está el macho?

—Marcelo no vino —le explicó doña Lola.

—Al menos te diste cuenta de que era mejor no traerlo. ¿Y dónde lo dejaste?

—En Garachico.

—¿En Garachico? ¿Estás loca?

—Han pasado muchos años. Sé que lo ayudará.

La anciana gruñó, luego se dirigió con desprecio a doña Lola:

—Mi nieta puede quedarse, tú no.

—Solo serán varias semanas.

—¡No!

—Por favor... —le suplicó doña Lola.

—Una semana, Lola, solo dormirás bajo mi mismo techo una semana. Después te pondré de patitas en la calle.

—De acuerdo, madre. Otra cosa...

—¿Qué?

—¿Por qué cambió el suelo de la casa?

—¡Eso a ti no te importa! —respondió la anciana chillando. A continuación, giró sobre sus pies y se marchó.

La mujer que no habló les sonrió desde lejos y se fue por el mismo lugar por el que se alejó su hermana Josefa. Amparo se sintió abrumada mientras las veía desaparecer.

Entre tanto, Marcelo cumplía con su parte del plan y agarraba con nerviosismo la aldaba colocada en la puerta de una casa. El muchacho tocó con fuerza e introdujo la mano en el bolsillo para comprobar que seguía conservando la carta que su madre le había dado.

Don Daniel escuchó que alguien llamaba. Pensó que sería el vendedor de gafas que llevaba días esperando. Hacía tiempo que no veía bien de lejos, por eso necesitaba que el comerciante lo visitara con su maletín.

Era consciente de que tendría que probarse muchísimas gafas para averiguar con cuáles se solucionaba su problema. No le importaba, de hecho, deseaba hacerlo cuanto antes y acabar de una vez por todas.

Don Daniel abrió la puerta con calma y se encontró con Marcelo de frente. Los dos se miraron a los ojos. Ninguno habló. El joven observó con curiosidad al propietario de la vivienda. Se trataba, sin lugar a dudas, de la persona que buscaba.

El hombre, al contemplar a Marcelo, se quedó tan espantado que sintió unas repentinas ganas de vomitar. El chico no entendió por qué motivo ese señor se tambaleaba y se apoyaba en el marco de la puerta.

Don Daniel examinó con detenimiento las facciones de Marcelo. «No puede ser», pensó.

—No puede ser —dijo en voz alta para convencerse a sí mismo—. No puede ser —repitió limpiándose el sudor de la frente con un pañuelo de tela.

Don Daniel pensó que su vista le jugaba una mala pasada, así que se frotó los ojos y se acercó más al recién llegado.

—No puede estar vivo —habló utilizando un tono de voz apenas audible.

A don Daniel le costó asimilar lo que veía. Los ojos de Marcelo, su pelo, su cara... Conocía aquellos rasgos. Eran los de su hermano José, pero... «¿Cómo es posible que José esté aquí, si yo mismo lo enterré hace años?», se preguntó a sí mismo. Otra idea provocó que se le revolvieran hasta las entrañas: «Si estuviera vivo, habría envejecido». Ese pensamiento horripilante propició que se estremeciera de nuevo. «Los muertos no envejecen, así que es un fantasma», se dijo.

El pobre hombre casi se muere de miedo al reflexionar sobre el asunto: «Es un fantasma que salió de su tumba y viene a por mí». Tras este razonamiento, don Daniel se desmayó. La impresión había sido demasiado fuerte para soportarla. Marcelo tuvo que zarandearlo para lograr que se despertara. Cuando por fin don Daniel abrió los ojos, creyó que era su hermano muerto quien lo estaba abanicando. Aterrado, escuchó sus palabras:

—¿Se encuentra mejor?

—¡No! —contestó.

Marcelo decidió presentarse:

—Me llamo Marcelo, ¿es usted don Daniel?

Don Daniel movió la cabeza afirmando. Este gesto sirvió para que Marcelo se decidiera a darle un recado:

—Mi madre se llama Lola. Ella me pidió que viniera y le entregara una carta.

Daniel lo examinó en silencio. No necesitaba leer la carta para saber quién era el padre de Marcelo.

El muchacho era idéntico a José. Tampoco necesitaba preguntar por qué motivo Lola nunca dijo que estaba embarazada. Sabía la respuesta.

Don Daniel, agoniado, leyó la carta. Le pareció inaudito que ella se atreviera a suplicarle que olvidara el pasado y ayudara a Marcelo. Don Daniel paseó alterado por la habitación. Sabía que debía pedirle al joven que se marchara, que no regresara jamás, y así enterrar el problema para siempre.

Detestaba profundamente a Lola, no podía evitarlo. Solo les había traído desgracias a él y a sus seres queridos. Sin embargo, aunque lo intentó, se sintió incapaz de decirle «no» a Marcelo. Aquel joven que acababa de conocer era su sobrino, el hijo de José. Tenía que echarle una mano.

«A ver cómo le explico a mi madre que tiene un nieto», pensó don Daniel.

—No va a ser fácil, no, ¡Dios me coja confesado! —llegó a decir entre dientes mientras trataba de recuperar la compostura.

Capítulo 15

Millo: Planta de la familia
de las gramíneas, maíz.
Semilla de esta planta.

La quinta vez que Amparo se comportó de una manera insólita fue en Buenavista. Su madre y ella acababan de entrar en el dormitorio en el que iban a dormir esa primera noche.

A doña Lola le sorprendió que el cuarto no hubiera cambiado. Era como si todo lo que dejó atrás el día en el que se marchó corriendo se hubiera quedado esperándola.

La cama tenía la misma colcha y sobre ella, colocada a los pies, continuaba la trapera que una de las señoras de Teno le tejió a mano con ovillos de tela. Doña Lola suspiró al acariciar la trapera.

En la pared, colgando encima del cabecero, permanecía el crucifijo de madera. En una esquina estaba el aguamanil blanco y verde que usaba a diario para asearse. Incluso la antigua Biblia ocupaba la mesilla de noche.

Doña Lola se emocionó al abrir una gaveta y encontrar la ropa que su tía y su madre le bordaron con tanto cariño por las noches. Con añoranza, pasó los dedos por encima de sus camisones de muselina perfectamente doblados.

Al retirar la colcha, Amparo y su madre notaron el aroma a jabón Lagarto que emanaba de las sábanas bordadas. Estas conservaban el blanco inmaculado de siempre, el que solo se lograba usando la pastilla de añil y tendiendo las prendas al sol.

De pronto, entró en el dormitorio la anciana que no había hablado durante la discusión entre doña Lola y su madre. Amparo se sobresaltó al verla aparecer. Llevaba un vaso de leche en cada mano. Los puso en la mesilla de noche.

Doña Lola avanzó hacia ella y las dos se abrazaron. Tras esto, la mujer se secó las lágrimas en el delantal y se acercó a Amparo. Le agarró la mano. Doña Lola le explicó a su hija quién era:

—Es tu tía Merceditas, la hermana de tu abuela.

—¿Y por qué no habla? —preguntó Amparo.

—No puede. Cuando era pequeña le dieron unas fiebres y dejó de hablar. Ya verás que Merceditas es muy buena.

La muchacha miró las profundas arrugas que recorrían el rostro de su tía abuela. Permitió que le tocara la cara y el cabello. Se sintió reconfortada con aquellas muestras de cariño.

Amparo y su tía intercambiaron una sonrisa. Sin embargo, de repente, los ojos de la chica cambiaron de color. Su pelo se agitó como si lo moviera el viento y una frase terrible salió de su boca:

—Tía Merceditas, ¡usted apesta a cementerio!

La anciana apartó sus manos de Amparo. Retrocedió varios pasos y abrió la boca. Por primera vez en setenta años, doña Merceditas fue capaz de hablar. Solo pronunció una palabra, pero esta retumbó entre las cuatro paredes:

—¡Maldita!

Doña Merceditas abandonó el dormitorio en un santiamén. Doña Lola se quedó paralizada y tardó unos segundos en reaccionar. Luego, fue tras ella. Quería tranquilizarla, pero no pudo porque doña Merceditas resbaló cuando bajaba por las escaleras. Murió antes de llegar abajo.

A Amparo le costó conciliar el sueño esa noche. Cuando cerraba los ojos le parecía estar escuchando a la fallecida llamándola «maldita». Mientras tanto, la casa se iba llenando de gente y de murmullos. También de lamentos.

La joven dio muchísimas vueltas en la cama y escuchó bajo su cuerpo el leve sonido de la fajina con la que habían rellenado el colchón. Le gustó el ruido de las hojas secas de las piñas del millo, aunque eso no sirvió para que desapareciera la angustia que sentía.

Afuera, el viento soplaba con furia. Oírlo le dio miedo. Le pareció que este podría arrancar las ventanas que gruñían por su culpa o provocar que la casa se derrumbara. Esa sensación de fragilidad, nunca la había sentido en la cuevita de Arona.

Amparo abrazó a su madre que descansaba a su lado. «Tranquila, mi niña, todo va a salir bien», escuchó que le susurraba.

—Madre, no quiero estar aquí. ¡Vámonos!

—No podemos marcharnos hasta dentro de una buena temporada.

—Pero, madre, ¡la abuela dijo que usted solo puede quedarse aquí una semana!

—No te preocupes, Amparo; en realidad está contenta de que hayamos venido.

—No creo que esté contenta, madre. ¡Mire lo que pasó! ¡Vámonos de aquí, por favor! ¡Vámonos! —volvió a repetir Amparo en bajito.

Doña Lola y su hija permanecieron en el interior del dormitorio. Amparo lo prefirió, no le apetecía ver el ataúd que colocaron en medio del salón de la planta baja. Además, temía que su abuela la interrogara sobre lo ocurrido.

Cuando un par de días después terminó el velatorio, las dos se escondieron tras las cortinas y observaron a quienes salían de la casa. Con tristeza vieron que unos hombres cargaban el ataúd sobre sus hombros. Amparo y doña Lola se agarraron de la mano. Amparo se dio cuenta de que su madre estaba llorando. Le dio pena haberle causado tanto daño.

Capítulo 16

Sarpeta: persona resabida,
entremetida.

El domingo, doña Lola se levantó antes de que amaneciera. Intentó no hacer ruido para que su madre y su hija no se despertaran. Aprovechando la oscuridad, abandonó la casa. Llevaba puesto un chal que le tapaba la cabeza y parte de la cara.

Doña Lola ascendió por la calle de tierra y al doblar la esquina giró hacia la derecha. Entró por un estrecho callejón. Siguió caminando con paso ligero hasta que llegó a la panadería del padre de Rosa.

Vio que la puerta del negocio estaba entornada y asomó la cabeza. Allí, rodeada de sacos de pan y harina, se encontraba la que había sido su mejor amiga limpiando una de las estanterías.

—¿Se puede? —preguntó.

Doña Rosa se sobresaltó al escuchar aquella voz. No necesitó levantar la mirada para reconocerla, por eso, soltó el paño y se limpió las manos en el delantal. Lentamente se acercó a doña Lola y la abrazó.

—¡Lola, cómo se te ocurre volver! ¡Márchate antes de que te vean! —le dijo.

—¡Necesito ayuda! ¿Podrías conseguirme un trabajo?

—No, no creo que alguien quiera ayudarte.

—¡Por favor, necesito un trabajo!

—Deberías irte por donde has venido —le aconsejó doña Rosa.

Doña Lola comenzó a llorar sin poder contenerse mientras exclamaba:

—¡Mi hija corre peligro!

—Por favor, vete antes de que puedan reconocerte y corra la voz —le pidió doña Rosa.

Doña Lola iba a salir a la calle, pero se detuvo al descubrir que dos guardias civiles cruzaban la plaza. Esperó en el zaguán a que se alejaran. Desde allí, observó, abrumada, las armas de los agentes. Un escalofrío recorrió su cuerpo.

Ese domingo, Amparo se despertó más tarde de lo habitual. Enseguida se dio cuenta de que su madre ya no estaba en la cama. ¿Por qué la había dejado sola dentro de la habitación?

La muchacha abrió las contraventanas y se quedó perpleja al divisar el Teide. Contemplar el volcán provocó que poco a poco se relajara y sintiera que por fin se encontraba en un lugar completamente seguro.

La joven desconocía que, a esas horas, el capataz de don Antonio Valdés descansaba en un banco frente a la iglesia de La Concepción. El hombre logró llegar después de preguntar por todos lados si alguien había visto a Amparo o a su familia.

Ignorando que su futuro dependería de lo que el capataz averiguara en La Laguna, Amparo salió del cuarto y, para no hacer ruido, bajó las escaleras de puntillas. A través de los cristales de una de las ventanas que daban al patio, vio a doña Josefa sentada junto a la destiladera. Iba vestida de negro, como siempre.

La muchacha se escondió tras el visillo para espiarla con calma. Le pareció que la anciana era muy guapa. Tenía los ojos canelos, muy parecidos a los de ella. Le dio vergüenza acercarse, pero no le quedó otro remedio porque su abuela, sin levantar la cabeza, gritó:

—Niña, ¿vas a pasarte el resto de la mañana escondida como si fueras una coruja?

—No —respondió con timidez.

Doña Josefa clavó sus ojos en ella y exclamó:

—¡Tendrás hambre!

Amparo movió la cabeza afirmando.

—Niña, ¿te encuentras bien?

—Me duele la barriga.

—No te preocupes, ya verás que se te pasa.

La abuela le preparó una taza de leche con aro y azúcar. Esa fue la primera vez que Amparo probó el tubérculo. No podía imaginar que a partir de ese día lo tomaría a menudo o ayudaría a prepararlo, rallándolo, colándolo con una tela o guisándolo.

—¿Y mi madre? ¿Dónde está? —quiso saber.

—Se levantó temprano. No te preocupes. Volverá.

Amparo se tranquilizó al escuchar sus palabras, así que se puso en pie dispuesta a faenar como lo hacía desde que era una mocosa. Sin embargo, su abuela no se lo permitió.

—Amparo, ya trabajarás mañana, hoy es domingo, tenemos que ir a misa —le dijo mientras le entregaba un vestido.

—¡Es precioso!

—Era de tu madre. ¡Póntelo! Voy a buscar unos zapatos que guardé hace años. Espero que te sirvan, porque tienes los pies demasiado anchos... Se nota que llevas años caminando descalza como si fueras una cabra.

La chica escondió los pies debajo de la silla. Llevaba puestas las únicas alpargatas que poseía. Esas que solía guardar en el interior de la cesta para evitar que se estropearan cuando recorrían las tierras del sur intercambiando el pescado por otros alimentos.

Poco después, doña Josefa y su nieta acudieron a misa. La iglesia no estaba lejos, pero tardaron en llegar más de lo normal. La causa no fue que la anciana avanzara con gran dificultad, ni el dolor que Amparo sentía tras ponerse los rígidos zapatos.

El verdadero motivo fue que muchísimas personas se acercaron a ellas para interrogarlas: «¿Quién es esta señorita? ¿Cuántos años tiene? ¿Cuándo vino? ¿No será hija de Lola? ¿Está Lola en el pueblo?».

La abuela miraba de reojo a su nieta. Le extrañó que Amparo permaneciera en silencio. La muchacha se limitaba a sonreír y dejaba que ella respondiera. A doña Josefa le gustó que se comportara así.

Una vez dentro de la iglesia, Amparo y su abuela se arrodillaron en un reclinatorio de raso rojo. La anciana lo tenía reservado para ella desde que años atrás donó el suelo de su casa para que lo colocaran en el templo.

Aquella decisión ocasionó que durante varias semanas cada rincón del hogar estuviera repleto de tierra y de polvo porque la piedra la quitaron a pico. A doña Josefa no le importó, porque la Virgen de los Remedios se apiadaría de ella gracias a este sacrificio.

Nadie sabía qué le pidió doña Josefa a la Virgen, aunque todo el mundo creía que probablemente sería algo relacionado con Lola, la hija que tantos problemas le había traído a la pobre mujer.

Esa mañana, Amparo y doña Josefa escucharon la misa que el sacerdote daba de espaldas a los feligreses y comulgaron. La anciana tuvo que llamarle la atención a su nieta, porque esta no paraba de tocarse el velo negro con blondas que ella le dio para que se cubriera el cabello.

Cuando terminó la misa, la gente se apretujó en los pasillos para salir. Una señora, aprovechando el tumulto, se arrimó a Amparo y le dijo en bajito:

—Dile a tu madre que Rosa le consiguió un trabajo, tiene que presentarse en la plaza de los Remedios mañana a las siete de la mañana.

Sin decir nada más, se alejó. La abuela parecía no haberse dado cuenta del mensaje porque estaba atendiendo a otra anciana que acababa de darle el pésame por el fallecimiento de su hermana Merceditas.

Amparo escuchó parte de la conversación:

—Me hubiera encantado acompañarla, pero me dio un dolor en la pierna, el mismo que no me deja dormir por las noches, y no aguanto la espalda, por no hablar de los callos.

Pasito a pasito, llegaron hasta las escaleras de la iglesia. Su abuela deseaba marcharse, pero las vecinas querían saber cómo se encontraba.

La joven, aburrida, se entretuvo observando lo bien vestidas que iban la mayoría de las personas que se dirigían hacia la plaza. Le llamaron la atención los peinados, los zapatos...

De repente, vio al médico, don Nicolás, sentado en un banco. Amparo sabía quién era porque la tarde en la que su tía Merceditas se cayó por las escaleras, ella lo había espiado desde el piso superior mientras él examinaba a la difunta.

Ahora don Nicolás parecía mucho más relajado que aquel fatídico día y conversaba animadamente con un señor que acababa de saludarlo. A esas horas, el doctor ya había terminado el crucigrama del periódico que luego circularía de mano en mano.

Amparo también se fijó en las jóvenes que daban vueltas alrededor de la plaza. Los muchachos hacían el mismo recorrido, aunque en sentido contrario, de manera que unas y otros se veían cuando coincidían de frente.

A veces intercambiaban breves miradas y sonreían. Cuando lo hacían, recibían codazos de quienes tenían al lado. También había un extranjero caminando que se parecía a William.

Amparo sintió deseos de conocerlo, por eso le pidió permiso a su abuela para ir a pasear alrededor de la plaza. La anciana se negó diciéndole:

—¡No seas sarpeta! ¡No tienes edad para buscar pretendiente!

Amparo no entendió las palabras de la anciana. Sin embargo, unos meses más tarde, una amiga le explicó que dichos paseos servían para que las chicas y los chicos se convirtieran en novios.

Alguien le aseguró que si después de intercambiar miradas y comenzar el noviazgo, el hombre decidía no seguir con la mujer, era bastante probable que ya nadie quisiera casarse con ella, así que se quedaría soltera de por vida o se metería a monja.

Cuando aquella mañana doña Josefa agarró a su nieta por el brazo, la muchacha se sintió feliz.

Amparo interpretó el gesto como una muestra de afecto. No pensó que la abuela se apoyaba en ella porque le dolían las piernas.

Capítulo 17

Escaldón: gofio revuelto
con caldo caliente.

Al regresar al hogar, doña Josefa y Amparo notaron un agradable olor a comida. En la cocina encontraron a doña Lola que estaba terminando de remover el gofio. Amparo abrazó a su madre con fuerza. Ella sonrió y le dijo:

—¡A comer antes de que se enfríe!

Doña Josefa picó una cebolla de Masca sobre el escaldón. Luego, colocó unos plátanos encima de la mesa y almorzaron en silencio. Al acabar, recogieron la cocina, cerraron las contraventanas y la casa quedó sumida en penumbras.

La abuela fue la primera que se marchó a su habitación para dormir la siesta. Doña Lola y Amparo también se acostaron.

No se escuchaba nada ni fuera ni dentro de aquellos muros, solo el zumbido de varias moscas que volaban desorientadas hasta que encontraban la pequeña rendija que dejaron para que pudieran salir.

A Amparo no le gustaba dormir a esas horas, por esta razón se quedó quieta en la cama mientras pensaba en los últimos acontecimientos. Los primeros días en Buenavista le habían servido para descubrir que su madre tenía un pasado que ella desconocía y que debía de ser terrible..., pero ¿qué hizo para que su abuela estuviera tan enfadada?

Hasta entonces, Amparo nunca la imaginó llevando una vida diferente a la que tenía en Arona, y mucho menos actuando mal o siendo irresponsable. Siempre la recordaba levantándose al alba para conseguir comida para sus hijos, aunque a veces solo fueran unos higos secos, un poco de gofio o una cebolla.

Amparo recordó a su madre recogiendo el pescado en la orilla, cubriéndolo con sal, cargándolo sobre su cabeza y recorriendo descalza caminos interminables bajo el sol abrasador, la lluvia e incluso azotada por el viento.

La había visto intercambiando unos productos por otros, cocinando, limpiando, atendiendo a los animales, cosiendo, remendando, haciendo rosetas hasta altas horas de la noche, lavando la ropa, cogiendo lapas, jareando el pescado... Y lo más triste de todo, esperando en la curva por si llegaba una carta de su marido.

Amparo no quería ofender a su madre ni hacerle daño. No se lo merecía, así que decidió no preguntarle qué ocurrió para que su abuela no quisiera tenerla allí. Estaba convencida de que si actuó mal, no fue adrede.

Cuando se levantaron de la siesta recordó que tenía un recado para ella. Doña Lola sonrió al escuchar que su amiga de la infancia le había conseguido un trabajo.

El capataz de don Antonio Valdés también sonrió tras hablar con doña Matilde, la señora que se encargaba de echarle la gasolina a las guaguas en La Laguna. El hombre llevaba días preguntando por la maldita familia, y por fin había encontrado una buena pista.

La anciana le contó que recordaba haber visto en el interior de la guagua a tres personas que no eran de la zona: un chico joven, una muchacha y una mujer de mediana edad.

Doña Matilde le dijo que no sabía si viajaban juntos porque ellas sí iban sentadas una al lado de la otra, pero el joven no. La mujer reconoció que no les vio la cara debido a que llovía a cántaros y, encima, la de más edad iba abrigada con un chal que le tapaba el semblante.

Tampoco podía confirmarle en qué parada se bajaron. Sabía que en la suya no, ya que se marcharon subidos en el vehículo; no obstante, creía que el conductor o su ayudante, Anatael, sí lo recordarían. A lo mejor podrían decirle incluso los nombres de aquellos pasajeros en los que tenía tantísimo interés.

El capataz de don Antonio Valdés se alegró al escuchar estas últimas palabras. Estaba a punto de descubrir dónde se escondían. Para averiguarlo, solo tenía que esperar a que regresara la guagua en la que huyeron.

—¿A qué hora vuelve la guagua, doña Matilde? —preguntó.

—Mañana, si Dios quiere, pasará a las cinco de la tarde por aquí —contestó la anciana.

El capataz ya podía oler el dinero que cobraría al capturar a Amparo y llevarla ante don Antonio Valdés. El patrón sería generoso con él porque, desde la muerte de su único hijo, el terrateniente le había confesado que solo vivía «para darle su merecido a esa maldita chafalmeja».

El hombre decidió celebrar su inminente éxito yendo a un bodegón. Nada más entrar, esperó unos segundos a que sus ojos se acostumbraran a la penumbra. A continuación, miró hacia los lados para comprobar quién estaba allí dentro. Le gustó que no hubiera nadie.

La última vez que subió a La Laguna, participó en una trifulca en San Benito. Tenía claro que uno de sus contrincantes estaba criando malvas desde que él lo apuñaló a la altura del estómago. «El tipejo se lo merecía. Me gustaría buscar a sus amigos y acabar con ellos, pero hoy prefiero celebrar lo otro», pensó.

El capataz de don Antonio Valdés se sentó en un taburete frente a la barra, pidió una cuarta de vino tinto y encendió un cigarrillo. El olor a tabaco Virginia impregnó el lugar. Varios tragos bastaron para que comenzara a despotricar.

Capítulo 18

Fisco: pequeña cantidad de algo.

Doña Lola llegó a la plaza de los Remedios a las siete de la mañana. Llevaba la cabeza tapada con un chal de lana negro. Todavía era de noche, pero no hacía frío.

Le resultó extraño encontrarse de nuevo en Buenavista. Era el lugar en el que nació, donde creció y el sitio al que nunca quiso regresar. No podía permitirse llorar, así que decidió no pensar más en ello.

Doña Lola esperó con paciencia en una esquina de la plaza. Desde donde estaba, vio a un grupo de mujeres bajando por la pendiente del callejón. Iban al chorro público a coger agua para transportarla hasta las casas.

Doña Lola ignoraba qué tipo de trabajo le había conseguido su amiga, aunque sabía que sería duro. No le importaba. Jamás se había dedicado a nada que no requiriera un gran esfuerzo. Era capaz de faenar como una bestia.

Poco a poco, otras personas llegaron a la plaza. Había gente que recordaba del pasado. Doña Lola intentó ocultar su rostro con el chal, pero varias vecinas la reconocieron. Quienes la vieron, no pudieron disimular la sorpresa. Algunas la saludaron desde lejos y no parecían alegrarse de que estuviera allí.

Al rato, apareció un camión. El conductor paró y un señor de unos cuarenta años se bajó. Era moreno, alto y fuerte. Todos los hombres le estrecharon la mano. Luego, se fueron subiendo a la parte de atrás del vehículo. Sin embargo, un hombre y una mujer se quedaron en la esquina de la plaza tratando un asunto con él.

Doña Lola escuchó como decían «No, no» mientras discutían y elevaban la voz. El más enfadado era, sin lugar a dudas, el hombre rubio, porque gesticulaba mucho y movía la cabeza de un lado a otro respondiendo de este modo a algo que el recién llegado les decía. Finalmente, la pareja se alejó de la plaza haciendo aspavientos. En ese momento, el encargado de la obra se dirigió a ella y la saludó sonriendo de una manera extraña:

—¡Hola! Tu amiga Rosa habló conmigo.

—Sí —contestó doña Lola sonrojándose.

—Me dijo que necesitas trabajo —comentó Javier Cabrera.

—Sí —admitió mirando hacia el suelo.

—Hoy tenemos dos bajas repentinas, ¿aguantarás toda la jornada?

—¡Sí! —le garantizó.

—Pues entonces, por mi parte, eres bien recibida.

Cuando doña Lola y Javier Cabrera se montaron en el camión, este arrancó. Doña Lola iba detrás, como el resto de la cuadrilla. Javier Cabrera viajaba en la cabina junto al conductor.

Los dos hombres se tenían confianza, por eso el chófer le preguntó a Javier Cabrera por qué motivo doña Edelmira y su marido, el Rubio, no se habían subido al camión. Javier Cabrera le resumió lo ocurrido:

—No quieren trabajar con la mujer que empieza hoy.

—¿Y merece la pena perder a dos personas por una nueva?

—No lo creo, pero tampoco puedo permitir que sean ellos los que decidan quién forma parte de la cuadrilla.

Javier Cabrera prefirió no contarle lo que le dijeron sobre doña Lola. El día estaba empezando muy mal y no le apetecía empeorarlo, así que solo añadió:

—Vamos a darle una oportunidad a la nueva.

El vehículo iba despacio para sortear los baches. Los bandazos provocaban que los pasajeros se agarraran a la carrocería para evitar chocar entre ellos. A veces, la situación les hacía reírse y bromear.

La mayoría de los trabajadores hablaban unos con otros. Parecían buenas personas y se notaba que se llevaban bien. No obstante, doña Lola sintió algo raro cuando preguntó en voz alta cuánto faltaba para llegar y solo le contestó una chica.

Mientras el camión se alejaba del pueblo, una anciana llamada doña Consuelo recibía en su casa a doña Edelmira y a su marido. Estos acababan de mantener una acalorada discusión con Javier Cabrera y se habían negado a ir a trabajar con él.

El Rubio se encargó de darle la noticia a doña Consuelo. Lo que el hombre le confesó no le hizo ni fisco de gracia.

—¿Seguro que vieron a Lola? ¿Cómo se atreve a regresar después de lo que hizo? —les chilló.

Doña Consuelo intentó tranquilizarse, aunque le resultó imposible. El odio que sentía era tan intenso que no dudó en darles más dinero del que probablemente merecían por haberla informado. Eso sí, les pidió que vigilaran de cerca a doña Lola si querían recibir otra buena recompensa.

—No se preocupe, doña Consuelo, nos convertiremos en la sombra de esa malnacida —le prometieron doña Edelmira y el Rubio antes de despedirse. Tras esto, el matrimonio se alejó de la casa.

Doña Consuelo pensó en ir al cuartel. Solo tenía que andar un poco para plantarse allí porque este se encontraba a la entrada del pueblo. Enseguida cambió de opinión. El motivo no fue que padeciera una cojera que la obligaba a arrastrar la pierna izquierda.

Lo que realmente provocó que no alertara a la guardia civil fue una idea que pasó por su cabeza: «Esta vez me encargaré yo de hacer justicia». Fue en ese instante cuando, en voz baja, se juró a sí misma acabar con la asesina de su hijo.

Capítulo 19

Magua: pena, lástima, desconsuelo
por la falta, pérdida o añoranza de algo,
o por no haber hecho una cosa que hubiera
redundado en beneficio propio.

Treinta minutos después, el camión llegó a Tierra Mala. Los miembros de la cuadrilla se bajaron con agilidad en aquel inmenso terreno situado entre Buenavista y Los Silos. Javier Cabrera ayudó a doña Lola a apearse.

Hacía semanas que estaban preparando la zona porque su propietario quería poner plataneras. No se trataba de una tarea sencilla, por eso de lunes a viernes dedicaban ocho horas diarias a preparar el lugar.

Javier Cabrera esperó a que la gente comenzara a trabajar para acercarse de nuevo a doña Lola y explicarle cómo se repartía el trabajo. Antes de hablar, señaló a quienes picaban el suelo:

—Los hombres se encargan de excavar. Deben perforar bastante y es complicado, ya que la superficie es más dura que el mismísimo demonio.

Doña Lola asintió viéndoles golpear el sólido terreno. Usaban picos, palas y barrenas. Javier Cabrera continuó hablando:

—Al picar salen piedras. Hay que quitarlas para que puedan seguir trabajando. Ellos cargan las que son muy grandes y las pequeñas las dejan en las cestas. Luego, cuando están llenas, ayudan a las mujeres a levantar las cestas para que puedan ponérselas encima de sus cabezas. Ellas las llevan hasta el camión y las descargan. ¿Lo entiendes?

Doña Lola volvió a asentir.

—Hoy es tu día de prueba. Si crees que no eres capaz de realizar este trabajo, es mejor que lo digas ahora.

Doña Lola no abrió la boca. Javier Cabrera quiso exponer algo que consideraba muy importante:

—El trabajo es muy duro. Hay que hacerlo lentamente para aguantar hasta las cinco de la tarde.

Doña Lola giró la cara hacia la derecha y vio a varias señoras que avanzaban por el terreno irregular. Cada una sostenía una cesta con piedras en la cabeza. Caminaban despacio y en silencio.

En la parte de atrás del camión habían colocado unos tablones de madera por los que ellas subieron hasta llegar a la parte más alta. Una vez allí, vaciaron el contenido dentro.

Doña Lola temió no ser capaz de trasladar tanto peso. A lo largo de su vida había cargado sobre su cabeza agua, pescado, papas, nísperos, carne, sal..., pero piedras, nunca. Aun así, no podía perder la oportunidad de ganar unas pesetas.

Cuando llegó el momento de incorporarse al trabajo, notó que las mujeres la miraban, también la observaban el encargado y varios hombres que dejaron de golpear el suelo para presenciar lo que iba a ocurrir.

Nadie dijo nada, a pesar de que sabían que la cesta tenía más piedras de lo habitual. Pensaron que esto serviría para que desistiera cuando la tuviera encima. No imaginaban lo terca que era.

Entre dos hombres levantaron la cesta repleta de piedras y la colocaron sobre su cabeza. A doña Lola se le secó la garganta. La vista, incluso, se le nubló. Temió desmayarse o que se le partiera el cuello.

Doña Lola intentó caminar. Le costó mantener el equilibrio. Respiró hondo y logró dar un paso. El sudor le resbaló por la espalda. Notó que las piernas le temblaban. Sabía que necesitaba concentrarse para llegar hasta el camión.

Doña Lola se acordó de Amparo, de Antoñito Valdés y de don Antonio Valdés. Si quería alejar a su hija de todo aquello, no podía acobardarse. Hizo un inmenso esfuerzo y dio varios pasos más.

A continuación, pensó en su hijo Marcelo y consiguió moverse ligeramente. También se acordó de Miguel. Luchó consigo misma para no echarse a llorar. ¿Dónde estaba su marido a esas horas? ¿Por qué dejó de escribir? ¿Qué le había pasado?

Los miembros de la cuadrilla contemplaban a doña Lola esforzándose por avanzar. Esto les sirvió para que en voz baja valoraran sus agallas. En pocos minutos, se había ganado el respeto de la mayoría.

Algunos comenzaron a animarla: «¡Vamos! ¡Venga! ¡Ya queda menos!». Doña Lola escuchó los gritos y supo que no podía fallar. Dio diez pasos. Luego veinte, y lentamente, como un camello agotado, puso un pie sobre los tablones.

Entonces, dos chicas la ayudaron para que no tuviera que subir sola la cesta por la rampa. El esfuerzo de doña Lola sirvió para demostrar que sería útil en Tierra Mala.

Durante las siguientes cuatro horas los hombres y las mujeres aguantaron trabajando bajo el sol. Ni siquiera paraban para secarse el sudor de la frente. Ya nadie observaba a doña Lola.

Ellos golpeaban el terreno pedregoso y ellas llevaban las pesadas cestas al camión, ascendían por la rampa y descargaban. El ritmo era lento, pero agotador. Así, una y otra vez, una y otra vez..., hasta que llenaban el camión. Las mujeres solo descansaban mientras esperaban a que el conductor regresara con el vehículo vacío. Cuando esto ocurría, doña Lola le daba gracias a la Virgen de los Remedios en silencio. La pobre no recordaba haberse sentido tan extenuada en su vida.

A mediodía, el calor resultaba insoportable, por eso se colocaron a la sombra para comer. Doña Lola sacó su zurrón y comenzó a amasar el gofio.

También llevaba varios higos secos que le supieron a gloria.

Javier Cabrera se acercó a ella y le ofreció agua del porrón. El agua en ese envase se mantenía muy fresca. Al beber, doña Lola se sintió mejor. Unas gotas se deslizaron por la comisura de sus labios mojándole ligeramente la camisa.

Doña Lola cerró los ojos unos segundos e intentó no pensar en las horas de trabajo que aún le quedaban por delante. Se acordó de José. A menudo le daba vueltas a lo ocurrido con él. Hacía años que había fallecido, mas no lograba quitárselo de la cabeza. También se acordó de Miguel con magua: «¡Ojalá regrese mi esposo! No puede haberse olvidado de su familia», se dijo a sí misma.

Al incorporarse, vio a dos personas que venían caminando. Al principio no las reconoció, sin embargo, cuando se encontraban a menor distancia, se dio cuenta de que se trataba de la pareja que por la mañana había discutido con Javier Cabrera en Buenavista.

La mujer y el hombre rubio se dirigieron hacia el lugar en el que acababa de sentarse Javier Cabrera. Este, al descubrirlos, se levantó con cara de pocos amigos y se alejó con ellos para hablar. Nadie oyó lo que doña Edelmira y su marido le contaron al encargado. Sí se dieron cuenta de que llegaron a algún tipo de acuerdo porque un rato después ya estaban trabajando junto al resto.

Capítulo 20

Talla: vasija grande de barro cocido, mucho más ancha por el medio que por el fondo y la boca, que se usa para transportar y guardar el agua para beber.

La mañana en la que doña Lola se subió por primera vez en el camión para ir a Tierra Mala, su hija fue al chorro público de Buenavista para coger agua. Estaba haciendo cola con otras mujeres, cuando una chica le preguntó:

—¿Eres la nieta de doña Josefa?

—Sí —contestó con timidez.

—Yo soy Asunción.

Una niña se unió a la conversación.

—Yo soy Ana y vivo en la fonda.

La hija de doña Lola también se presentó.

—Yo me llamo Amparo.

—Ya lo sabíamos —le respondieron al unísono las chicas.

Amparo se echó a reír. Acababa de descubrir que en el pueblo cualquier novedad se propagaba con rapidez.

Aprovechó para interrogarlas.

—¿Han visto a mi madre?

—Sí, acaba de irse en el camión con Javier Cabrera y su cuadrilla.

Amparo siguió indagando:

—¿A dónde fueron?

—A Tierra Mala, a preparar el terreno para las plataneras —le dijo Ana.

—¿Y cuándo vuelven?

—Sobre las cinco y media de la tarde —respondió Ana a la vez que llenaba su barril con agua.

—¿No vienen a almorzar?

—No, a las doce y media descansan para comer y, luego, trabajan hasta la tarde —le explicaron antes de marcharse.

Amparo se sintió triste. Aún faltaba mucho para que su madre regresara. La joven, cabizbaja, terminó de llenar su barril y, cargándolo, se dirigió hacia la casa de su abuela. Una vez allí, doña Josefa y ella limpiaron la casa, atendieron la huerta y a los animales, recogieron leña e incluso cocinaron.

Durante el almuerzo, Amparo volvió a acordarse de su madre. Por eso fue hasta el salón y miró la hora en el enorme reloj que colgaba de la pared.

—Abuela, ¿está segura de que el reloj no atrasa?

—Le di cuerda anoche, ese reloj funciona perfectamente desde tiempos de Maricastaña.

Poco después, cuando doña Josefa iba a cerrar las contraventanas para oscurecer la casa, escucharon un tintineo. La anciana y Amparo se asomaron y vieron al sacerdote tocando una campanilla. La abuela se santiguó al descubrir que el hombre entraba en la vivienda de enfrente.

—¡Ah! ¡Va a darle la extremaunción a don Manuel porque está malito malito...! —exclamó.

—Pero la extremaunción es para quienes se van a morir —dijo Amparo.

—¡Sí! —contestó doña Josefa santiguándose de nuevo.

—Don Manuel no necesita la extremaunción —comentó Amparo.

La abuela abrió los ojos y examinó atónita a su nieta. Tardó en hablar, pero cuando por fin lo hizo, parecía enfadada:

—¿Qué sabrás tú, guanaja? ¡Escucharte me da jaqueca! ¿Tu madre no te enseñó modales?

Tras esto, doña Josefa cerró las contraventanas dando un fuerte golpe y se marchó indignada. Amparo se tumbó en la cama y se quedó quieta mirando el techo. Sabía que no debía importunar más a la anciana, por eso se entretuvo pensando en la desagradable conversación que habían mantenido su madre y su abuela el día que llegaron a Buenavista. Enseguida le pasaron varias preguntas por la mente: ¿por qué doña Josefa no se alegró al verlas?, ¿por qué no quería que su hija durmiera en su casa?, ¿por qué dijo que era mejor que Marcelo no hubiera ido al pueblo?, ¿qué hizo su hermano para no poder venir?

A dos kilómetros de distancia, doña Lola seguía transportando sobre su cabeza las cestas cargadas con piedras y sintiendo que el sol le perforaba el cuello, le taladraba la espalda y le achicharraba hasta el alma.

Probablemente, le habría encantado saber que esa misma mañana don Daniel le estaba dando clases a Marcelo para que lograra conducir el camión. Si aprendía, trabajaría en la empaquetadora de plátanos.

Al principio, a Marcelo le costó muchísimo no ahogar el vehículo. Fueron necesarias varias horas para que empezara a controlarlo. Mientras practicaba, decidió que esa noche llamaría a su amigo Jaime: «Se va a sorprender cuando le diga que me están enseñando a conducir un camión parecido al suyo».

Además, se acordó de su madre y, limpiándose el sudor de la frente, pensó: «Tengo que contarle que todo va bien y preguntarle si ella cree que me parezco tanto a mi padre como asegura don Daniel. Me hubiera gustado conocer a mi verdadero padre».

En Buenavista también hacía calor, por eso Amparo se levantó de la cama y bajó las escaleras intentando no hacer ruido. Se dirigió hasta la alacena del salón y cogió el vaso metálico que descansaba encima de la talla. Retiró el platito y se puso agua fresca.

A continuación, miró el reloj y volvió a pensar que el tiempo pasaba muy despacio. Eso mismo pensó el capataz de don Antonio Valdés mientras esperaba en La Laguna a que apareciera la guagua en la que Amparo y su familia habían huido.

Cuando doña Josefa se despertó de la siesta, se entretuvo haciendo rosquetes con su nieta. A la joven le encantó preparar la masa en un lebrillo grande. Además, rezaron el rosario a la vez que la anciana cosía sentada en el sillón de novios junto a la ventana.

La abuela se dio cuenta de que Amparo se acercaba a menudo al reloj, así que decidió hablar con ella:

—¿Te preocupa algo, Amparo?

—¡Sí! —admitió—. No quiero que se nos escape la guagua.

—¿La guagua? ¿Para qué quieres coger la guagua?

—Para irme con mi madre.

—¿Irte? ¿Por qué?

—Usted dijo que mi madre solo puede dormir una semana bajo su mismo techo.

—¡Ah! ¿Por eso? Pues la única guagua que va a aparecer por aquí es la que viene de La Laguna. Llegará dentro de cuatro horas. Anatael y el conductor deben estar parados ahora mismo en La Concepción esperando a que sean las cinco para ponerse en marcha.

—Entonces nos iremos en esa guagua —aseguró Amparo.

—Imposible —dijo la abuela—. Hasta mañana no hace más viajes. Esta noche, aunque no me guste, tendrán que quedarse en Buenavista. Eso sí, mañana hablamos.

La muchacha sonrió y añadió:

—¿Puedo ir a la plaza a ver si ya llegó mi madre? Unas chicas me contaron que se marchó con la cuadrilla de Javier Cabrera y que volverían sobre las cinco y media de la tarde.

La abuela ladeó la cabeza para ver el reloj y le contestó:

—Está bien, puedes salir, aunque falta un buen rato para que regresen.

Amparo se levantó y abandonó la habitación con rapidez, pero justo cuando atravesó el umbral, retrocedió y volvió a entrar. La abuela contempló asombrada cómo su nieta se abalanzaba sobre ella para darle un beso. La anciana exclamó con desdén:

—¡Cuidado, Amparo! ¡Puedes hacerme daño! ¿No ves que soy mayor? ¡No seas tan besucona que eso es feo!

Capítulo 21

Alegar: conversar, hablar sin objeto determinado y por mero pasatiempo.

Amparo salió corriendo de la casa de su abuela. Al doblar la esquina del bar Pilón, comprobó que el camión no había llegado, así que aflojó el paso y se entretuvo dando vueltas alrededor de la plaza de los Remedios.

La joven miró el reloj de la iglesia y vio que todavía eran las cinco de la tarde. El capataz de don Antonio Valdés también consultó su reloj tras subirse en la guagua en La Laguna y saludar al conductor y a su ayudante, Anatael.

Seguía haciendo calor, por eso Amparo se sentó en un banco que contaba con una buena sombra gracias a uno de los árboles. Desde ese lugar estuvo contemplando el precioso edificio en el que se encontraba la pensión Méndez. «¿Quién vivirá ahí?», se preguntó.

Varias vecinas la vieron y se detuvieron a alegar con ella. La mayoría sabía quién era a pesar de que llevaba muy poco tiempo allí.

Unos segundos después, Amparo vio que entraba en la pensión una anciana que acababa de atravesar la plaza arrastrando su pierna izquierda. Le extrañó que la viejita se asomara constantemente a la puerta, observara la plaza y volviera a entrar en el edificio.

Amparo notó su nerviosismo. ¿La señora estaba esperando a alguna amiga? ¿Necesitaba ayuda? Decidió cruzar para hablar con ella, sin embargo, cuando iba a hacerlo, escuchó el estruendo que provocaba un vehículo que se acercaba.

En ese preciso instante la anciana se metió detrás de la puerta de la pensión como si quisiera esconderse. Amparo no entendió por qué motivo una persona tan mayor se comportaba así.

El camión paró, y al descubrir que su madre se bajaba de él, corrió hacia ella y la abrazó. Esta dejó que se agarrara de su cintura a la vez que escuchaba con atención lo que el encargado de la finca decía:

—Nos vemos aquí mañana a las siete. Por cierto… ¡Hoy hicieron un buen trabajo!

Doña Lola y Javier Cabrera intercambiaron una mirada. Él sonrió y doña Lola bajó la vista sin decir nada. A continuación, la madre le pasó el brazo a su hija por encima de los hombros y las dos se alejaron de la plaza.

Cuando entraron en el callejón, oyeron que alguien las llamaba. Era doña Edelmira, la mujer que ese mismo día se había negado a trabajar con la cuadrilla y luego se incorporó con su marido en

Tierra Mala. Al colocarse junto a ellas, sonrió y se interesó por Amparo:

—¿Quién es esta chica tan guapa?

—Mi hija —contestó doña Lola.

—¿Es hija única?

—Sí —respondió doña Lola, y añadió—: Lo siento, tenemos prisa. ¡Hasta mañana!

Amparo miró a su madre. Lo que acababa de oír le preocupó tanto que en cuanto estuvieron lo suficientemente lejos de aquella mujer le preguntó:

—¿Y Marcelo? Madre, ¿ya no se acuerda de Marcelo?

Doña Lola le respondió susurrando:

—¡No vuelvas a nombrarlo! ¡Olvídate de él!

—¿Por qué? —quiso saber.

La madre usó una frase que Amparo detestaba:

—Hay cosas que todavía no puedes entender. ¡Hazte a la idea de que Marcelo no existe! ¡Te prohíbo que vuelvas a hablar de él!

Amparo sabía que no obtendría ninguna información aunque insistiera, así que cambió de tema y le comunicó que la abuela les permitía dormir una noche más en su casa. Doña Lola sonrió al escuchar que el motivo de la decisión era que a esas horas ya no salían guaguas del pueblo.

Doña Lola y su hija entraron en el hogar. Ese día no volvieron a pisar la calle, por eso ninguna se percató de que después de cerrar la puerta de la vivienda, alguien escupió sobre ella.

Tampoco supieron que Jaime, el amigo de Marcelo que los ayudó a salir de Arona y llegar hasta Güímar, había descubierto algo que podía cambiarles la vida para siempre.

Todo ocurrió cuando Jaime se sentó encima de una piedra en la curva en la que paraba la guagua que traía el correo a Arona. El muchacho recibió una carta de su novia, por ello se quedó leyéndola allí. En ese momento escuchó parte de una conversación entre dos viejos que lo hizo agudizar los sentidos:

—¡Deja la carta dentro del saco! Es para doña Lola, la madre de la asesina de Antoñito Valdés. ¡Tocarla puede dar mala suerte!

—Esa mujer desapareció con su hijo y su maldita hija. ¡A buenas horas le escribe el marido...! Primero la abandona y ahora le manda una carta... ¡Eso es que se quedó sin perras!

Jaime titubeó. Sabía que Marcelo y su familia llevaban muchísimo tiempo sin recibir noticias de don Miguel. Llegaron incluso a creer que estaba muerto. ¿Qué pondría la carta? Se encendió un cigarro. Necesitaba pensar con calma. ¿Merecía la pena robar la carta? Sabía que Marcelo vivía en algún lugar del norte, pero desconocía exactamente dónde.

Si recogía el sobre, ¿qué haría con él? En realidad, no tenía forma de entregárselo a su amigo. ¿Sería preferible que se quedase dentro de la saca?

Mientras Jaime se debatía entre una opción u otra, la mayoría de la gente se fue marchando del lugar.

Ya no quedaba casi nadie cuando Jaime metió la mano con disimulo en la saca y agarró la carta. El joven introdujo con rapidez aquel sobre en su bolsillo y se alejó pensando en que ya buscaría la manera de dárselo a Marcelo.

Esa misma noche, en Buenavista, doña Josefa, doña Lola y Amparo rezaron el rosario a la vez que desgranaban piñas y la abuela cernía la harina. Ninguna dijo nada, aunque todas se sentían mejor que semanas atrás.

Capítulo 22

Enchumbar: ensopar, empapar de agua.

Al día siguiente, Amparo y su madre se levantaron temprano. Antes de que amaneciera, ya habían tomado un enorme tazón de leche con gofio. Después de desayunar, lavaron la loza y se prepararon para salir.

Estaban en la puerta, cuando Amparo retrocedió y se acercó corriendo a su abuela para darle un beso. La anciana se limpió la mejilla con el delantal y le dijo con un tono de voz bastante desagradable:

—¡No seas tan besucona!

La nieta se alejó riéndose. Continuaba sonriendo cuando doña Lola y ella se encontraron en la calle a doña Edelmira y a su marido. Los dos iban hacia la plaza de los Remedios a esperar el camión de Javier Cabrera.

A ninguna le apetecía ir con ellos, sin embargo, el matrimonio fue dándoles conversación durante todo el trayecto y les resultó imposible quitárselos de encima.

Al cruzar a la altura de la pensión Méndez, enseguida escucharon un estruendo y apareció el camión para recoger a la cuadrilla. El encargado se bajó y los fue saludando uno a uno.

Doña Lola abrazó a su hija con fuerza. Tras esto, se dirigió hacia el vehículo. Javier Cabrera le dio la mano para ayudarla a subir. Ella aceptó su ofrecimiento. No le dijo que era capaz de montarse sola.

Amparo esperó a que el camión se fuera para ir hacia el chorro. Allí se encontró con varias mujeres que conocía del día anterior y se entretuvo hablando durante un rato. Luego llenó su lata con agua y se marchó.

La joven iba por la calle Verde cuando le sucedió algo insólito. De repente, a pesar de que la calle estaba desierta, escuchó: «Shhh, shhh». Así que giró la cabeza, pero no vio a nadie.

Pensó que eran imaginaciones suyas, por eso siguió caminando. Entonces, cuando solo había dado dos o tres pasos más, oyó: «Shhh, shhh». Sobresaltada, miró hacia atrás y de nuevo se encontró con la calle vacía. Pasados unos segundos volvió a escuchar: «Shhh, shhh». Era como si alguien escondido en algún lugar le pidiera que se acercara. Amparo sintió miedo, por eso aceleró y casi sin darse cuenta echó a correr.

Llegó jadeando a la casa de su abuela. Esta, al verla entrar empapada porque se mojó con el agua que transportaba, le dijo enfurecida:

—¡Tendrás que practicar o ir más despacio si no quieres enchumbarte todos los días!

Amparo no le contó lo ocurrido, pero se atrevió a preguntarle si en el pueblo existían fantasmas.

—Amparo, los muertos no hacen nada. ¡Los vivos sí son peligrosos! ¡Nunca te fíes de nadie!

Amparo abrió los ojos al oír aquello. Si lo que escuchó no eran fantasmas, tenía que tratarse de alguien que la perseguía, alguien que quería que ella no lo viera... Su corazón se aceleró al pensar quién podría ser. Esa mañana no se alejó de su abuela.

A las dos de la tarde almorzaron sopa de paloma. A continuación, recogieron la cocina, doña Josefa oscureció la casa y cada una se fue en silencio a su cuarto para echarse la siesta.

Amparo dio varias vueltas en la cama. No lograba dormir, seguramente por ello bajó las escaleras de puntillas, recorrió el pasillo con lentitud y, sin pensárselo dos veces, salió de la casa.

Al atravesar la puerta, notó que hacía calor. Echó un vistazo a ambos lados de la calle y la vio desierta. Le pareció que era una ocasión fantástica para explorar el pueblo al que acababa de mudarse.

Cuando tan solo había recorrido un par de metros, escuchó de nuevo: «Shhh, shhh». Con inquietud, examinó el espacio que la rodeaba tratando de averiguar de dónde procedía el sonido.

Los latidos de su corazón desbocado no impidieron que volviera a escuchar: «Shhh, shhh». Amparo respiró hondo tratando de tranquilizarse. En ese momento, reparó en que la contraventana de la planta baja de una de las casas estaba entornada.

Su curiosidad era mayor que el temor que sentía, por ello se acercó al lugar, levantó el brazo y empujó con suavidad la contraventana verde para ver quién se escondía allí.

La muchacha se sorprendió al descubrir que dentro de la casa había una niña. Descansaba acostada en una cama y tenía la mayor parte de su cuerpo escayolado. La escayola le cubría el pecho, bajaba por su tronco y tapaba una de sus piernas. Las dos se observaron y la desconocida no tardó en decirle:

—¡Amparo, llevo llamándote desde primera hora!

—¿Cómo sabes mi nombre? —preguntó nerviosa.

—Todo el mundo sabe tu nombre, esto es un pueblo.

Amparo sonrió mientras la chiquilla se presentaba:

—Me llamo Milagros.

—¿Qué te pasó? —quiso saber Amparo.

—Es una larga historia, tengo una pierna más pequeña que la otra, están intentando que sean iguales. Mi padre construyó esta polea, me van poniendo peso en ella…

—Nunca había escuchado nada igual —aseguró Amparo.

—No te creas, mi tía también tiene problemas con sus piernas y camina de rodillas, pero existen personas a las que les ocurren cosas más extrañas, ¿no te parece?

Amparo no supo qué contestar. Afortunadamente, Milagros continuó:

—Mi padre le puso ruedas a mi cama. Todos los días me colocan junto a la ventana para que me entretenga mirando hacia fuera. Muchas vecinas vienen a saludarme y se quedan un buen rato alegando conmigo. También escucho conversaciones sin que nadie se entere.

Las dos se echaron a reír. Milagros era muy parlanchina:

—Esta mañana, cuando pasaste, te estuve llamando para que vinieras.

—¿Y por qué no dijiste mi nombre? —preguntó Amparo.

—No quería asustarte. Además, mi madre me tiene prohibido molestar a la gente. Puedo hablar si se acercan a verme, pero no me deja llamar a quienes suben o bajan por la calle. Si te hubiera gritado, mi madre o mi tía me habrían oído —explicó con tranquilidad.

Amparo le confesó que estuvo a punto de morirse del susto al escuchar «Shhh, shhh». A Milagros le resultó gracioso que la hubiera confundido con un fantasma. Luego siguieron riéndose porque Milagros era muy divertida. Cuando sonaron las campanas de la iglesia, Amparo se dio cuenta de que tenía que regresar a su casa antes de que la abuela se despertara. Se despidió de Milagros apresuradamente. Mientras se alejaba de la ventana, escuchó que esta le decía:

—¿Vienes a verme mañana?

—¡No lo sé! Depende de si mi abuela nos deja quedarnos en su casa esta noche.

«¡Ojalá les permita quedarse!», pensó Milagros.

Amparo llegó a la vivienda y entró sin hacer ruido. La anciana se despertó al rato. Comprobó que todo estaba en calma. En ningún momento sospechó que se había escapado, por eso no le prohibió ir a la plaza a esperar a su madre poco después.

Amparo, eufórica, volvió a salir a la calle y echó a correr. Cuando estaba por fuera de la ventana de Milagros, escuchó: «Shhh, shhh». Supo quién la llamaba, pero en lugar de detenerse, le dijo gritando:

—¡Lo siento, Milagros! ¡Ahora no puedo! ¡Voy a buscar a mi madre!

Entonces oyó que una señora dentro de la casa gritaba:

—Milagritos, ¿cuántas veces tenemos que decirte que no molestes a quienes pasan?

Capítulo 23

Mandarse a mudar: irse, marcharse de un lugar.

Tras varias semanas, a la mayoría de los miembros de la cuadrilla ya no les importaba lo que se comentaba sobre el pasado de doña Lola. Su buen talante propició que la aceptaran rápidamente en Tierra Mala.

Unas personas incluso les contaron a Anatael y al conductor de la guagua que la mujer se deslomaba trabajando, ayudaba al resto, no criticaba a nadie ni buscaba problemas. Oír esto provocó que el conductor y el cobrador de la guagua decidieran hablar con ella.

Los dos la llamaron cuando la vieron por fuera de la iglesia y le dijeron que un hombre estaba buscando a Amparo desde hacía tiempo. Doña Lola se preocupó al enterarse. Creía que se trataba del capataz de don Antonio Valdés. A nadie más se le ocurriría ofrecer dinero a cambio de alguna pista relacionada con el paradero de su hija.

Anatael y el conductor le explicaron que desconfiaron del capataz desde la primera vez que lo vieron en La Laguna, por eso no le revelaron en qué zona se encontraba la muchacha. Gracias a la discreción de ambos, de momento, Amparo se mantenía a salvo.

Por suerte, todo lo que sucedía se hablaba en la guagua. Así que doña Lola comenzó a acercarse cada tarde a la plaza de los Remedios para preguntarles si se habían enterado de algo nuevo sobre el forastero.

Amparo ignoraba que el capataz andaba interrogando a la gente por el norte. Por lo tanto, dormía tranquila por las noches y se levantaba contenta por las mañanas para desayunar con su madre. Después iban juntas a la plaza y esperaban en una esquina a que viniera el camión de Javier Cabrera.

A veces coincidían por el camino con doña Edelmira y con el Rubio. La pareja solía unirse a ellas para realizar el pequeño recorrido desde que doña Lola y doña Edelmira se convirtieron en buenas amigas.

La mujer del Rubio le contó a doña Lola que se había quedado embarazada en cinco ocasiones, pero sus hijos nacieron muertos. Le dijo que su esposo bebía a menudo y la culpaba de lo ocurrido, llegando a comportarse de una manera muy violenta. A doña Lola le dio muchísima tristeza oír aquello.

Doña Edelmira le confesó que les habría encantado tener una hija como Amparo. Posiblemente por ello, el Rubio se inventaba historias divertidas para hacer reír a la joven, intentaba estar cerca de ella y parecía haberle cogido bastante cariño.

A Amparo le gustaba escuchar con disimulo las conversaciones que mantenían. Sin embargo, desconocía que doña Edelmira le decía a su madre que no era bueno que una chica creciera sin padre y que se ofreció a cuidarla para que doña Lola pudiera irse de la Isla Baja.

Esto lo hablaron mientras viajaban en el camión, e incluso a la vez que se despedían de Amparo moviendo la mano cuando se marchaban hacia Tierra Mala o cuando ella iba a visitar a Milagros.

Sabían que a Amparo le encantaba vivir en el pueblo de Buenavista. Además era un lugar seguro. Ni Amparo ni su madre sospechaban que alguien vigilaba de cerca cada uno de sus movimientos ni que corrían peligro.

Durante las horas en las que su madre permanecía en Tierra Mala, ella se quedaba en la casa con su abuela y aprendía enseñanzas útiles que se transmitían de generación en generación, como por ejemplo a preparar el ñame tapándolo con tejas bajo tierra.

Amparo lo pasaba bien, a pesar de que trabajaban desde que amanecía: cocinaban, recogían leña, se encargaban de los animales, lavaban la ropa en la piedra o tostaban el millo, el trigo o la cebada que después llevaban al molino para obtener gofio.

Cuando preparaban el frangollo, el postre que le encantaba a Amparo, la abuela y ella se turnaban, puesto que tenían que removerlo bien, y al rato les dolían las manos.

Amparo aprovechaba estas ocasiones para pedirle a doña Josefa que le contara historias del pasado. A la abuela le costaba arrancar con aquellos relatos, pero una vez empezaba, los adornaba con detalles y anécdotas que provocaban la risa de su nieta.

Fue así como la abuela se fue convirtiendo en una persona importantísima en la vida de Amparo. Eso no impedía que le inquietara que en cualquier instante la anciana cumpliera su palabra y le prohibiera a doña Lola vivir en la casa. Por eso, una tarde se armó de valor e interrogó a doña Josefa:

—Abuela, ¿usted sigue enfadada con mi madre? —preguntó.

—¡No te metas en cosas de mayores! —respondió elevando la voz.

—Perdone, es que estoy preocupada.

—¿Preocupada? —repitió la abuela—. ¿Por qué estás preocupada ahora?

—Porque no sé hasta cuándo permitirá que mi madre duerma bajo su mismo techo.

—Amparo, la mitad de esta casa era de tu abuelo. Me encantaría que tu madre se mandara a mudar, pero si ella duerme en su cuarto, esa parte del techo no es mío. Así que entiéndeme: no puedo ponerla en la puerta de la calle.

Tras esa conversación, Amparo encontró la tranquilidad que necesitaba y los días continuaron sucediéndose uno detrás de otro repletos de rutinas a las que se acostumbró enseguida: recoger agua en el chorro, trabajar en el hogar, rezar con frecuencia, visitar a Milagros, los sábados ir a comprar la carne que traían de Icod, y los domingos, a misa.

No obstante, una mañana, Amparo volvió a comportarse de una manera extraña.

Capítulo 24

Embelesarse: adormecerse.

Todo ocurrió poco después de que doña Josefa le contara a Amparo que iban a tapar los charcos. La muchacha, al enterarse, se puso muy contenta porque le encantaba el mar y coger sal, aunque las horas se le hicieron eternas hasta que llegó el momento de bajar a la costa.

Cuando salieron para ir hacia los charcos, se encontraron al vecino que vivía enfrente. Don Manuel estaba embelesado por fuera de su casa. Tenía puesta una boina y una mantita sobre las piernas.

Don Manuel las oyó y las saludó levantando la mano. Doña Josefa le dijo que se alegraba de verlo y él le comentó que se sentía mejor que nunca. Doña Josefa se mostró encantada con la noticia. Luego miró a su nieta y, antes de entrar en la casa para recoger el sombrero que se había olvidado, le dijo en voz baja:

—¡Amparo, no quiero oírte decir ni pío! ¡No hagas que me arrepienta de llevarte con nosotras!

Doña Lola y su hija se quedaron esperando en la calle. El anciano les sonrió y ellas le devolvieron la sonrisa. A continuación, la madre se fijó en Amparo y se dio cuenta de que algo no iba bien.

La chica perdió el color de las mejillas. Doña Lola le tocó la frente. La tenía congelada. De pronto, descubrió que sus ojos estaban cambiando de color. La mujer se santiguó al escuchar las palabras que pronunció su hija.

—¡Don Manuel apesta a cementerio! ¡Ahora sí necesita que vengan a darle la extremaunción!

Doña Lola agarró a la joven del brazo para meterla en la casa. Temía que alguien la escuchara. Sin embargo, tropezó en el zaguán con doña Josefa que salía en ese instante y les dijo gritando:

—¿Qué hacen aquí dentro? ¡Vámonos! ¡En la vida he llegado tan tarde a ningún lado! ¡Son unas impresentables! ¡Qué vergüenza...!

Doña Lola no pudo hablar porque doña Josefa soltó otro grito:

—¡No quiero oír ni una voz! ¡Vámonos, gandulas!

Ninguna se atrevió a protestar.

Mientras esto pasaba, Marcelo entraba en un bar y marcaba el número de teléfono de su amigo Jaime. En varias ocasiones había intentado contactar con él, pero todos sus esfuerzos resultaron inútiles.

Al ver que nuevamente nadie contestaba, Marcelo llamó a la tía de Jaime. Doña María no tardó en descolgar el teléfono que tenía en su pensión de

Güímar. Esta se alegró al escuchar su voz, le preguntó por su familia y le pidió que les diera recuerdos.

Charlaron durante un rato y, antes de despedirse, doña María anotó en un papel la dirección de Marcelo. La anciana le aseguró que se la daría a Jaime.

Esa misma noche, Jaime recibió el recado y decidió ir a Garachico para entregarle a Marcelo la carta de don Miguel. Podía hacerlo porque al día siguiente no trabajaba, era domingo.

A pesar de sus buenas intenciones, Jaime tuvo que cambiar sus planes porque tras cebar el motor del camión, arrancarlo y comenzar a circular, notó que un vehículo lo perseguía en medio de la oscuridad.

A Jaime le molestó dar la vuelta y regresar a su casa. Cuando entró en su domicilio, volvió a esconder la carta en un lugar en el que nadie sería capaz de encontrarla. Esa noche no pegó ojo.

A las tres de la mañana se asomó a la ventana y comprobó, boquiabierto, que unos cuantos hombres de don Antonio Valdés merodeaban por fuera. ¿Era por la carta? ¿Cómo se habían enterado de que la robó? ¿Sabían que procedía de Venezuela y que el remitente era el padre de Amparo?

Al amanecer, llamó al sacerdote y le pidió que acudiera a su vivienda. El muchacho se encontraba muy mal y necesitaba hablar con él. El sacerdote llegó enseguida. Estuvieron muchas horas a solas dentro del cuarto.

Unos días después, unos encapuchados entraron en la propiedad de Jaime. Registraron la casa, le dieron la vuelta a los muebles, perforaron las paredes y levantaron el suelo. No robaron ningún objeto de valor, ni siquiera la cadena de oro que siempre olvidaba encima de la mesilla de noche.

Dos semanas más tarde, a doña María le extrañó que su sobrino no la hubiera llamado. La anciana le pidió al sacerdote que se acercara a su casa. El religioso encontró a Jaime tendido en el suelo sobre un enorme charco de sangre. Nunca se supo cuánto tiempo llevaba muerto.

Capítulo 25

Tabaiba: arbusto, de forma generalmente
achaparrada, muy frecuente
en las zonas costeras de Canarias.

El día que Amparo se comportó de una manera asombrosa, doña Josefa, doña Lola y Amparo se dirigieron hacia la costa por un sendero plagado de matorrales. Por el camino se fueron encontrando a las vecinas con las que habían quedado. Eran mujeres muy alegres, que se entretuvieron la mayor parte del trayecto cantando. También las acompañaba doña Edelmira.

A doña Josefa no le hacía gracia que Lola y doña Edelmira se hubieran hecho tan amigas. Además, detestaba al Rubio. Por esta razón, a menudo les pedía a su hija y a su nieta que no se fiaran «de esos piojos pegados».

A Amparo le parecían injustos sus comentarios. Doña Edelmira era cariñosa, se preocupaba por ellas y siempre la invitaba a merendar en su casa. A la chica le molestaba que su abuela no le permitiera ir.

Esa mañana Amparo no paraba de llorar. Así que doña Edelmira se puso a su lado y le preguntó qué le pasaba. Ella no le dijo que estaba triste porque sabía que don Manuel iba a morir.

Doña Edelmira, con mucha paciencia, comenzó a contarle chistes y, al verla sonreír, le enseñó la letra de algunas canciones. Gracias a ello, Amparo se puso a cantar con las otras mujeres y se olvidó de don Manuel.

Llevaban un buen rato andando, cuando llegaron a un tramo en el que el sendero se estrechaba y tuvieron que colocarse en fila para atravesarlo. Las vecinas iban delante, y tras ellas, doña Lola, doña Josefa, Amparo y al final de la cola, doña Edelmira.

Doña Josefa le pidió a su nieta que pisara con cuidado. A Amparo le hizo gracia que su abuela se preocupara. La joven era incapaz de ver el peligro, ya que durante toda su vida había recorrido bastantes veredas más peligrosas que esta.

Doña Edelmira también sonrió al escuchar las palabras de la anciana, nadie se dio cuenta de que una idea mezquina acababa de instalarse en su cabeza. Poco después, Amparo caía al suelo y rodaba varios metros por el risco como si le hubieran hecho la zancadilla.

Por suerte, Amparo era ágil y pudo frenar agarrándose a una tabaiba seca. Solo se raspó las rodillas y los codos. Aun así, a raíz del incidente, doña Josefa la obligó a caminar delante de ella y no le quitó la vista de encima ni un solo instante.

Al llegar a la costa, lo primero de lo que se ocuparon fue de arreglar los charcos como lo hicieron durante siglos las generaciones anteriores. Muchas familias pobres tenían uno y, al igual que ellas, lo preparaban con mimo porque la sal que obtuvieran la usarían en la casa o la cambiarían por papas azucenas, cebollas, batatas o higos de El Palmar.

Previamente habían guardado la ceniza, puesto que cocinaban con leña. A Amparo le gustó amasar esas cenizas con las cáscaras de lapa, con la arena, el agua de mar y construir las pequeñas paredes con doña Edelmira mientras el sol le calentaba la espalda.

Esa noche, cuando volvieron al pueblo vieron un grupo de gente frente a la casa de don Manuel. Estaban reunidos allí para velar el cuerpo del vecino. A Amparo le dio pena su fallecimiento.

Unos días después, tuvieron que regresar a la laja para mojar las paredes que habían fabricado. Luego, en diferentes ocasiones, volvieron a la costa para llenar los charcos, raspar la sal, escurrirla...

Amparo disfrutaba con estas excursiones. Le encantaba chapotear, aunque contaba las veces que entraba en el agua porque doña Josefa le explicó que daba mala suerte que fuera un número impar.

También le gustaba sumergirse en el agua, cerrar los ojos e imaginar que estaba en Arona. Entonces recordaba a su padre y a Marcelo. «¡Ojalá los vea pronto! —pensaba—. ¿Se acordarán tanto de mí como yo de ellos?».

Cuando abría los ojos de nuevo, miraba con disimulo a su madre y a su abuela. Fue así como se percató de que las dos parecían llevarse mejor. Eso le hizo creer que nada rompería la armonía que empezaban a disfrutar.

Sin embargo, repentinamente algunas cosas cambiaron. Todo comenzó cuando doña Edelmira no apareció por la casa de doña Josefa a pesar de que había quedado con ellas para ir a la laja. A doña Lola y a Amparo les resultó muy extraño.

Doña Josefa, al ver que el tiempo pasaba y la mujer no venía, comenzó a desesperarse y a repetir en voz alta:

—Ni siquiera se molesta en avisar. ¡No me extraña! ¡Es tan chafalmeja como su marido!

Esperaron casi una hora. No aguardaron más porque la anciana, enfadada, les recordó que era tarde y las obligó a marcharse. Ninguna pensó que el motivo de su ausencia estuviera relacionado con que se encontraba gravemente enferma.

Capítulo 26

Machango: persona de poco seso
y ridícula.

Esa misma noche, cuando volvieron a la casa, Amparo decidió ir a ver a Milagros. Quería regalarle una caracola que encontró en un charco, aunque si pedía permiso no se lo darían porque era tarde.

Su madre y su abuela andaban liadas preparando la cena en la cocina. La muchacha sabía que si no hacía ruido, podría ausentarse sin ser descubierta. Esa idea la animó a abrir con sigilo la puerta que daba al zaguán.

Antes de salir, se alongó para comprobar si había alguien en la calle. Miró hacia los dos lados. Primero hacia la izquierda y después hacia la derecha. Vio que una persona venía desde abajo.

Amparo esperó dentro del zaguán durante un par de segundos y volvió a asomarse. Entonces descubrió que conocía a quien caminaba dando grandes zancadas. Era el Rubio y parecía agoniado.

Amparo esperó a que se acercara para saludarlo y preguntarle por su esposa. La chica enseguida se percató de que algo no iba bien. El Rubio le explicó lo que pasaba:

—Edelmira necesita un médico. ¡Voy a buscar a don Nicolás!

A Amparo le dio pena que el Rubio estuviera tan compungido, por ello le dio un consejo:

—Deberían despedirse.

—¿Qué dices?

Amparo pronunció despacio cada una de sus palabras:

—¡Despídanse porque la muerte se acerca!

—Pero... ¿qué dices, farfullera? ¡Mi mujer no va a morir!

—Ella hoy no va a morir..., ¡usted sí!

El Rubio levantó la mano y le dio una cachetada fortísima. El golpe resonó en el interior del zaguán provocando que Amparo chocara contra la pared. Esto no impidió que siguiera hablando:

—Le queda poco tiempo... ¡Ya apesta a cementerio!

—¡La que vas a morir eres tú! ¡Acabaré contigo ahora mismo!

El Rubio avanzó hacia Amparo, aunque antes de llegar a tocarla, oyó a doña Josefa que chillaba desde el fondo de la casa. La vio aproximándose. Le pareció que volaba. Eso hizo que él titubeara. La anciana no dudó en amenazarlo:

—Si vuelve a tocar a mi nieta..., ¡lo despellejo con mis propias manos!

Por un momento, el Rubio no supo qué hacer. El brillo y el gran tamaño del cuchillo que doña Josefa sujetaba en una mano lo aturdieron. También el semblante agresivo de la anciana.

Doña Josefa rápidamente se colocó delante de Amparo y quedó frente al Rubio. Con disimulo, la abuela empujó a la joven para que atravesara la puerta del zaguán y entrara en la casa. El Rubio se dirigió a ella:

—Vieja, ¿seguro qué va a poder conmigo?

—¡Usted no es la primera rata a la que me enfrento! ¡Fuera de aquí!

—¡No! No me iré hasta que le dé su merecido a esa malcriada.

—¡Fuera de aquí! —gritó doña Josefa—. ¡Mándese a mudar, machango! ¡Fuera!

—¡Aparte, bruja! —le dijo chillando.

El Rubio se lanzó contra la anciana, ella perdió su bastón y cayó al suelo como un saco de papas. No obstante, no soltó el cuchillo que usaba para matar a las cabras y a los cochinos. No estaba dispuesta a dejarse amedrentar por un granuja.

El hombre agarró a Amparo por la pechera. Llevaba los ojos inyectados en sangre. Ella quiso zafarse. No pudo. Aun así exclamó susurrando:

—¡Huele a tumba!

Escuchar eso lo indignó todavía más. Deseó estrangularla, apretar su cuello con sus ásperas manos.

El Rubio la examinó con desprecio. Entonces reparó en que sus ojos parecían grises. No le dio importancia. Lo que originó que se le helara la sangre fue que los cabellos de Amparo comenzaron a moverse como si los vientos alisios los agitaran. El hombre solo tendría que haber levantado el brazo para golpearla, sin embargo, el miedo provocó que se orinara encima y abandonara apresuradamente el hogar.

Entretanto, doña Josefa hizo todo lo posible para levantarse, pero no lo logró. Se sintió impotente. Con rabia arañó los pequeños mosaicos rosados que cubrían el piso de su vivienda. Le dolieron las uñas. Una, incluso, se le partió. La anciana golpeó con los puños la superficie recordando la piedra que tuvo en otra época. La había donado a la iglesia. Solo le pidió una cosa a la Virgen de los Remedios: ver de nuevo a su hija. «No me planteé que con ella regresarían los problemas», pensó.

Algunas personas escucharon las voces y se asomaron a las ventanas para averiguar qué ocurría. En un principio, no observaron nada extraño. Luego presenciaron cómo el Rubio salía gritando de la casa de doña Josefa.

Quienes vieron al esposo de doña Edelmira afirman que bajó la calle corriendo. Nadie lo sabe, pero cuando se estaba alejando de allí, el Rubio se acordó de que su mujer necesitaba que don Nicolás, el médico, la atendiera porque estaba muy enferma.

El Rubio frenó dispuesto a dar la vuelta. Entonces recapacitó. Si iba a por el médico, tendría que retroceder y volver a pasar por fuera de la casa de doña Josefa, así que se dijo a sí mismo: «Edelmira es fuerte, puede esperar a que el doctor la vea mañana». Decidió volver hacia su casa. Quería esconderse dentro. Probablemente por eso no escuchó que se acercaba a toda velocidad un coche verde conducido por un guajiro, y cruzó sin mirar. La defensa del coche impactó contra la parte inferior de su pierna. Él cayó sobre el capó, recibiendo un fuerte golpe en la cadera, en el brazo y, por último, en la cabeza. La sangre salpicó el cristal delantero, la carrocería y llegó hasta el suelo. A continuación, su cuerpo magullado dio una vuelta en el aire.

El marido de doña Edelmira quedó tendido boca arriba. Antes de morir, notó que alguien le sujetaba la mano y le humedecía los labios con un pañuelo. Pudo abrir un fisco los ojos. Le pareció que era Amparo.

Capítulo 27

Agua guisada: infusión.

Amparo no le contó a nadie por qué motivo el Rubio se enfadó con ella en el zaguán aquella noche. Ni siquiera se lo dijo a su abuela, aunque esta tampoco le preguntó por ese asunto.

Doña Josefa y doña Lola estuvieron muy atareadas tras el accidente. Prepararon sopa y licores, arreglaron al fallecido e incluso lo velaron durante las horas en las que su cuerpo permaneció en el salón de su casa.

Doña Edelmira no pudo acercarse al ataúd de su esposo ni despedirse de él porque padecía unas terribles fiebres que le impedían levantarse de la cama. La pobre pasó su última semana de vida insultando a Amparo y a su madre. También chillaba asegurando que tendría que haber empujado a Amparo con más fuerza el día que bajaron a arreglar los charcos.

A Amparo no le gustó escuchar las barbaridades que salían de su boca como si fueran escupitajos. A pesar de ello, la muchacha entendía que deliraba y la cuidó con esmero. De hecho, no se separó de su lado hasta que dejó de respirar.

En el pueblo afirmaban que todo sucedió porque alguien le hizo mal de ojo al matrimonio. Decían que el Rubio y su mujer perecieron por esa causa. Nunca pudo demostrarse si estas habladurías eran ciertas o no.

Doña Edelmira fue la última difunta que recibió cristiana sepultura en el cementerio de la entrada de Buenavista, ya que desde hacía tiempo andaban construyendo otro camposanto al pie del acantilado.

La mayoría se santiguaba al pensar en cómo se llamaría el nuevo cementerio porque sabían que llevaría el nombre de la primera persona que muriera a partir de ese momento. Amparo y Milagros sintieron una inmensa pena al ser conscientes antes que nadie de que se conocería como Eulalia.

Las chicas se habían convertido en grandes amigas porque cada tarde Amparo se fugaba de su casa durante la siesta para ir a ver a Milagros. A las dos les encantaban esos ratitos en los que llegaron a contarse muchos secretos.

Estas salidas también sirvieron para que Amparo coincidiera con la anciana que vio escondida detrás de la puerta de la pensión. Al principio no se fiaba de ella. No era porque arrastrara la pierna izquierda, tenía algo que la inquietaba.

Sin embargo, la señora solía saludarla cuando ella regresaba de ver a Milagros. Casi siempre le preguntaba si sabía planchar. Un día Amparo le confesó que se le daba muy bien, por eso, en diferentes ocasiones, la anciana le propuso darle unas buenas perras si iba a su casa y conseguía que desaparecieran las arrugas de varios manteles.

Amparo estuvo a punto de aceptar. Sabía que el dinero le vendría bien a su madre, pero el temor a que su abuela se despertara y descubriera que había salido sin su permiso se lo impidió. Jamás le dijo a nadie que había una mujer que constantemente le ofrecía trabajo. Solo se lo contó a doña Edelmira una tarde mientras recogían la sal. Esta le garantizó que conocía a esa señora y que podía fiarse de ella.

La joven no volvió a acordarse del asunto porque las muertes de doña Edelmira y el Rubio la sumieron en una honda tristeza. Incluso tuvo que guardar cama y tomar aguas guisadas hasta que logró controlar sus nervios y cumplir con sus obligaciones.

No obstante, una vez recuperada, volvió a comportarse de una manera insólita. Ocurrió un domingo cuando terminó la misa y se quedó dentro de la iglesia observando las langostas bordadas en el manto de la Virgen.

La noche anterior, la abuela le había explicado que en el siglo XVII el pueblo sufrió una terrible plaga de langostas que llegaron de pronto desde África.

Le dijo que en pocos minutos los insectos arrasaron los cultivos, a pesar de que la gente salió con cacharros y palos para intentar espantarlas con el ruido. Ni siquiera el humo de las pequeñas hogueras que encendieron sirvió para ahuyentarlas.

La anciana le aseguró que las vecinas y los vecinos estaban desesperados, por eso sacaron en procesión a la Virgen de los Remedios. Asombrosamente cuando regresaban cargándola, vieron que dos langostas se posaban en su manto y en ese instante, la plaga desapareció.

A Amparo la historia le pareció increíble, por ello contemplaba fascinada el hilo de oro utilizado para bordar las langostas en el manto de la Virgen. Todo parecía en calma a su alrededor, hasta que de repente notó que olía a muerto.

La muchacha miró hacia los dos lados del templo y se dio cuenta de que el hedor provenía de la pequeña capilla situada a la derecha del altar. Sin pensarlo, avanzó por el pasillo central. Necesitaba averiguar quién iba a entregar la pelleja.

El olor aumentaba a medida que caminaba, también su inquietud. Aun así, siguió y comprobó horrorizada que había tres personas en la nave del Evangelio: una anciana, una mujer y una niña de trenzas largas que debía de tener seis o siete años.

Amparo quería acercarse para saber quién iba a fallecer. ¿Sería la niña? ¿La anciana? ¿O la mujer? Los ojos de Amparo cambiaron de color. Las lágrimas descendieron por sus mejillas y una inmensa magua le oprimió el pecho.

Cuando le faltaba medio metro para colocarse junto a ellas, Amparo separó los labios para decir «aquí huele a tumba», pero no pudo hacerlo porque sintió que alguien la agarraba del brazo y tiraba de ella con fuerza.

Al girar, descubrió que era su abuela. Doña Josefa parecía furiosa:

—¡Llevo un buen rato buscándote! —le comentó mientras la obligaba a alejarse de aquel rincón.

Amparo, agoniada, le dijo:

—Huele a muert…

La abuela la interrumpió antes de que acabara la frase.

—¿Cuántas veces tengo que decirte que no te separes de mí?

Doña Josefa no prestó atención a lo que su nieta trataba de comunicarle. Se limitó a arrastrarla hacia el exterior del templo y la condujo hacia su casa. Quienes estaban allí, oyeron parte de lo que le iba diciendo:

—¡A casa! ¡Castigada por desobediente! Eres una malcriada. ¡La culpa es de tu madre!

Algunas feligresas se detuvieron para observar lo que ocurría. Les extrañó el comportamiento de doña Josefa. La mujer solía ser bastante comedida, aunque en esta ocasión parecía no importarle que la vieran indignada.

Doña Lola estaba hablando con Javier Cabrera cuando vio a su hija y a su madre cruzando la calle. Enmudeció al darse cuenta de que doña Josefa parecía muy enojada y que Amparo lloraba. ¿Qué pasaba?

La abuela andaba a gran velocidad llevando a su nieta sujeta por el brazo. Doña Lola se despidió del encargado de Tierra Mala y fue tras ellas. Aceleró para alcanzarlas, pero no lo logró.

Al entrar en la casa, doña Josefa le habló con rabia a su nieta:

—A partir de ahora... ¡te prohíbo salir!

—¿Por qué? —quiso saber Amparo.

—Porque eres una maleducada y porque aquí se hace lo que yo diga.

Amparo se enfureció:

—Si yo no puedo salir, ¿quién irá a por el agua?

—Le pagaré a Inocencia. Igual que transporta el agua para las otras casas, nos la traerá a nosotras, porque tú... ¡no vas a pisar la calle en mucho tiempo!

—¡Mi madre no permitirá que me deje encerrada! —respondió.

La anciana la miró a los ojos y se dirigió a ella con desprecio:

—Si no obedecen, ¡ya saben dónde está la puerta!

Doña Lola, al llegar, escuchó parte de la pelea, aunque no dijo nada. Tampoco se acercó al pajero cuando, minutos después, su hija se metió en él para llorar a solas. Ni siquiera acudió más tarde para consolarla.

Durante la siesta, Amparo intentó que su madre intercediera por ella:

—¡Madre, por favor, yo no hice nada malo, pídale a mi abuela que no me prohíba salir!

—Mi niña, no puedo.

—Pero madre...

—Duérmete, mija, por favor.

Doña Lola cerró los ojos. Amparo se quedó contemplando el techo. Esperó a que su madre se durmiera. Entonces, se levantó despacio para no despertarla.

Amparo caminó de puntillas hasta la habitación de la abuela, comprobó que ella también dormía y se dirigió hacia la puerta de la casa. La abrió despacio y la cerró con cuidado. Una vez en la calle, corrió hacia la casa de Milagros.

Capítulo 28

*Alongar: echar hacia delante el tronco
y la cabeza, apartándolos bastante
de su posición vertical.*

Hacía semanas que Amparo le había confesado a Milagros que podía oler la muerte. A Milagros le costaba creer que alguien fuera capaz de predecir los futuros decesos. Posiblemente por ello, cuando Amparo le garantizó que una persona iba a morir, Milagros se emocionó.

Amparo la miró con el ceño fruncido para que entendiera que se enfrentaban a un asunto serio. Pese a ello, Milagros no disimuló la alegría que la embargaba, ni se controló para no aplaudir entusiasmada. La chica llevaba demasiado tiempo postrada en aquella cama sin que sucediera algo emocionante a su alrededor.

Amparo, en cambio, padecía una terrible angustia al tener la certeza de que un ser humano había muerto o faltaba poco para que falleciera. No conocer quién sería el finado contribuía a aumentar su desazón.

—¿Qué podemos hacer, Milagros?

—¡Averiguarlo! —respondió Milagros, emocionada, y añadió—: ¡Necesito que me ayudes a levantarme de esta cama!

Amparo abrió los ojos al escuchar aquellas palabras. ¿Para qué iba a levantarse si llevaba la mayor parte del cuerpo enyesado?

—Si no me ayudas… —aseguró Milagros revolviéndose en la cama mientras apoyaba en el suelo la pierna que no llevaba escayolada—, ¡me levantaré yo sola!

Amparo contempló cómo Milagros se balanceaba y tras varios intentos fallidos lograba ponerse de pie.

—¡Vamos, Amparo, que quiero enterarme! —escuchó que le decía.

—¿Cómo podremos saberlo? —le preguntó Amparo.

—Yendo a casa de don Saturnino, el carpintero. Si se murió una persona, él habrá ido a medirla y ahora mismo le estará fabricando la caja.

A Amparo la idea de que midieran a los muertos para construirle un ataúd le resultó asombrosa. También le sorprendió que Milagros estuviera dispuesta a cruzar en su estado parte del pueblo.

Milagros se acercó a la ventana y atravesó sola el marco sin demasiado esfuerzo. Amparo sospechó que no era la primera ocasión en la que se fugaba de la casa por allí.

Una vez en la calle, se dirigieron hacia la casa de don Saturnino. Amparo ayudaba a Milagros sujetándola por debajo del brazo. Su amiga iba dando saltitos, pero avanzaba poco a poco. Por suerte, a esas horas de la tarde no había nadie paseando.

Al llegar al estrecho callejón que conducía hacia la carpintería, vieron que las puertas del taller estaban abiertas. También escucharon un serrucho que alguien usaba para cortar madera y percibieron el olor a serrín.

Con lentitud se colocaron junto a la entrada de la carpintería y apoyaron sus espaldas en la pared. Ya solo tenían que inclinarse para averiguar qué sucedía dentro.

Sabían que tenían que actuar con rapidez. Podían verlas o, peor aún, si se hacía tarde, en sus casas descubrirían que se escaparon. Amparo y Milagros intercambiaron varias miradas.

Milagros se armó de valor y, lentamente, separó la espalda del muro para observar el interior de la carpintería. Al hacerlo, vio al carpintero y reconoció lo que aquel señor tenía frente a él. No pudo evitar que un grito de espanto se escapara de su boca:

—¡Un ataúd chiquiiiito!

Al escucharla, Amparo también se alongó y gritó, histérica, al contemplar el pequeño cajón. Tras esto, se apoyaron de nuevo en la pared y continuaron chillando hasta que don Saturnino salió para ver qué pasaba.

Don Saturnino era un hombre alto y delgado, no tenía mal aspecto, pero a las muchachas les sorprendió verlo de frente y presas del pánico gritaron con intensidad.

El carpintero estaba harto de que los chiquillos no lo dejaran trabajar tranquilo. Encima, ese día andaba muy apurado porque todavía no había pintado de blanco el ataúd que debía preparar para la niñita que acababa de morir. Todo ello produjo que don Saturnino exclamara enfadado:

—¡Váyanse de aquí!

Sin pensarlo, ellas echaron a correr. Iban aterradas. No podría decirse quién huía a mayor velocidad, ya que Milagros, a pesar de la escayola, brincaba como si la siguiera el diablo. Cruzaron la plaza y, en el instante en que pasaban por fuera de la iglesia, escucharon doblando las campanas que anunciaban la muerte de la niña. Esto provocó que Milagros volviera a gritar, se olvidara de Amparo y se dirigiera hacia su casa como un caballo desbocado.

Amparo también corría, aunque se fue quedando atrás porque, asombrosamente, Milagros era más rápida que ella. La joven presenció desde lejos cómo Milagros entraba en su hogar atravesando con una enorme agilidad el hueco de la ventana.

Cuando Amparo llegó al número 18, descubrió que las contraventanas de la casa de Milagros estaban cerradas. Tocó la madera con los nudillos diciendo una y otra vez:

—¡Abre, abre, abree...! —Pero su amiga no abrió. Al golpear con fuerza, tampoco obtuvo respuesta.

Amparo se alejó de allí. Iba muy triste. Le hubiera gustado comentar lo que había ocurrido con Milagros, aunque no volvió a insistir porque se acercaba la hora de la merienda y temió que su madre o su abuela se despertaran antes de que ella regresara a la vivienda.

Amparo se acostó y no se levantó durante el resto de la tarde. Desde su cama escuchó a su abuela preparando café de cebada para unas mujeres que vinieron para contarle que Eulalia, la nieta de la costurera, había fallecido.

Acurrucada bajo la manta, Amparo se fue enterando de lo que había pasado: la niña, después de la misa, estaba jugando en la huerta mientras el resto de la familia preparaba la comida. Nadie reparó en que se había alongado demasiado al estanque.

Cuando la llamaron para almorzar, no entró en la casa corriendo, por eso la abuela salió a buscarla. No la vio por ningún lado. Eso la hizo dirigirse apresuradamente hacia el estanque. Parece que la anciana había presentido la desgracia. No se equivocaba: su cuerpo flotaba boca abajo.

La abuela chilló pidiendo ayuda. Las vecinas, al escucharla, acudieron a la casa y contemplaron impotentes que Eulalia no respiraba. Alguien fue a buscar a don Nicolás, el médico del pueblo, pero llamarlo no sirvió de nada.

Amparo se tapó la cabeza con la almohada para no oír más. Lloró sintiéndose culpable. De hecho, cuando la avisaron para que merendara, fingió encontrarse enferma. Ni siquiera quiso cenar.

Por la mañana, la chica estaba pálida y ojerosa. Doña Josefa tuvo que llevarle el tazón de leche con gofio a la cama. Amparo rechazó el desayuno. Una inmensa magua se había adueñado de ella robándole el apetito. Por la tarde, Amparo se levantó de la cama para escaparse durante la siesta e ir a dar con Milagros. No pudo hablar con ella porque su contraventana seguía cerrada. Esa semana y la siguiente, lo intentó cada vez que fue al molino de Siso, pero nunca lo logró.

Todos estos hechos sumieron a Amparo en una profunda melancolía. Su abuela llegó a preocuparse al ver el estado en el que se encontraba su nieta. Tanto es así que una noche doña Josefa le dijo:

—Amparo, estoy cansada de verte holgazanear. A partir de mañana, te levantas temprano y vas a buscar el agua al chorro.

—¿Y por qué no la continúa trayendo Inocencia?

Doña Josefa la miró indignada y le respondió chillando:

—¡Porque estoy harta de alimentar a gandulas!

Capítulo 29

Alcanzar: recibir un golpe o castigo.

Mucha gente recuerda que Amparo se comportó de una manera extravagante en las horas previas a la desaparición de su madre. Fue un día como otro cualquiera en el que doña Lola madrugó, como siempre, para ir a trabajar a Tierra Mala.

Amparo se quedó acostada. No pensaba salir, pero doña Josefa le recordó gritándole que debía ir a por el agua y Amparo tuvo que dirigirse, en contra de su voluntad, hacia el chorro.

Tres personas se alegraron al ver a Amparo en la calle. El hecho de que se alejara de las faldas de su abuela hacía más sencillo finalizar una tarea relacionada con el odio que doña Lola y ella despertaban.

Ajena a todo eso, la muchacha se dirigió hacia la plaza. El camión de Javier Cabrera acababa de aparcar allí y la cuadrilla ya se había montado en él. Amparo movió la mano para que su madre la viera. Ella le devolvió el saludo sonriendo.

De pronto, Amparo notó que el lugar olía a cementerio. En un principio no supo de dónde procedía el hedor, pero tras dar dos o tres pasos percibió que emanaba del vehículo. Fue así como Amparo intuyó que algo terrible estaba a punto de ocurrir.

La joven le hizo señas a su madre para que se bajara inmediatamente del camión. Sin embargo, este comenzó a circular y doña Lola no pudo apearse.

Amparo, desesperada, soltó el cacharro en el que pensaba transportar el agua y echó a correr intentando llegar hasta el vehículo. Quienes iban en la parte de atrás observaron que sus cabellos se movían de una forma extraña y que lloraba.

Antes de que el camión cogiera la primera curva, Amparo gritó:

—¡Bájense! ¡No se vayan! ¡Van a morir! ¡Apesta a cementerio! —Luego resbaló y cayó de rodillas al suelo.

Al oír lo que decía, varias personas se santiguaron y miraron sobresaltadas a doña Lola. La pobre había enrojecido. Le costó, incluso, hablar y explicarles que su hija, a veces, gastaba bromas de mal gusto.

—Si fuera mía, esta tarde alcanzaba —comentó alguien.

—¡Enséñele que hay cosas con las que no se bromea! —le recomendó una vecina.

—¿No es bastante mayorcita para comportarse tan mal? —dijo una señora.

—La juventud no respeta nada —aseguró un hombre.

Media hora después se detuvieron en Tierra Mala y cada trabajador ocupó su puesto. Había mucho que hacer, y gracias a ello casi todo el mundo se olvidó del desagradable asunto.

Esa mañana tenían previsto usar explosivos porque encontraron un canto de basalto subterráneo. La mayoría de los hombres y las mujeres sabían que hacerlo entrañaba peligro, aunque confiaban en Pepe el Mecha, que coordinaría todo el proceso. Mientras colocaban los cartuchos de dinamita, Amparo se dirigía como alma que lleva el diablo hacia Tierra Mala. Le dolían las rodillas ensangrentadas, a pesar de esto, no dejó de correr. Temía perder a su madre.

Doña Lola, tras bajarse del camión, debería haberse reunido con el resto del grupo. No lo hizo porque necesitaba contarle al encargado que estaban en peligro. Así que cuando él le dijo que lo acompañara para hablar sobre un asunto importante, doña Lola aceptó.

Los dos se alejaron para que nadie pudiera verlos ni escuchar la conversación. Ella quería advertirle, pero Javier Cabrera hizo algo que no esperaba: le acarició la cara, entrelazó sus dedos con los suyos y le confesó que la quería desde que la vio por primera vez. Doña Lola tuvo que recordarle que continuaba casada con don Miguel.

A Javier Cabrera le molestó que lo rechazara. De hecho, apretó la mandíbula para no decir algo de lo que pudiera arrepentirse. Le ofrecía huir juntos, una vida maravillosa, empezar de cero, un hogar..., y ella prefería esperar a un hombre que, sin lugar a dudas, estaba muerto o la había abandonado. No lo entendía. Quería intentarlo de nuevo. Por ello la miró a los ojos, la agarró por la cintura y apretó su cuerpo contra el suyo. Luego trató de besarla. Ella titubeó. En ese momento escucharon la explosión y los gritos.

Javier Cabrera y doña Lola corrieron hacia el lugar. Al llegar presenciaron un panorama horroroso. La sangre cubría la cara, las manos y el cuerpo de muchos heridos. Los alaridos se mezclaban con la confusión. Los ilesos se ocupaban de hacer las primeras curas mientras comenzaban a murmurar:

—¡La culpa es de esa muerta de hambre! ¡Nos hizo mal de ojo!

En medio del polvo, los alaridos y la enorme confusión, Javier Cabrera se acercó a doña Lola y le dijo en voz baja:

—¡Sácala de aquí! ¡Llévatela antes de que sea demasiado tarde!

La mujer, en un principio, no supo a qué se refería, pero al girar la cara vio a Amparo con la espalda apoyada en el camión. Estaba llorando mientras contemplaba lo que pasaba. La madre corrió hacia ella, la agarró por el brazo y la arrastró para marcharse de allí.

Las dos recorrieron a pie los kilómetros que separaban Tierra Mala de Buenavista. Necesitaban refugiarse en su casa. Sabían que dentro de poco los miembros de la cuadrilla o las familias de las víctimas podrían ir a por ellas.

No eran aún las diez de la mañana cuando atravesaron la plaza del pueblo. Caminaban rápido, pero eso no impidió que, al pasar por delante de la casa de Milagros, Amparo echara un vistazo a la ventana. Esta seguía cerrada.

Le hubiera gustado contarle lo que le ocurría o incluso hablar de cualquier bobería, pero desde que la pequeña Eulalia se ahogó, era como si la tierra se hubiera tragado a Milagros.

Amparo iba pensando en todo esto. Su madre avanzaba a su lado. La pobre estaba muy preocupada por la situación. Lamentablemente, ninguna se dio cuenta de que las seguían.

Capítulo 30

Fechillo: en una cerradura,
pasador con que se asegura una puerta,
sin necesidad de cerrar con llave.

Doña Lola sintió un inmenso alivio al entrar por fin en la casa y cerrar la puerta. Doña Josefa se sorprendió al verlas aparecer. Le bastó mirarlas para comprender que algo tremendo había pasado. A partir de ese instante ninguna se atrevió a volver a pisar la calle. Lo normal hubiera sido que Amparo se escapara aprovechando la hora de la siesta. Sin embargo, ni su progenitora ni su abuela le quitaron el ojo de encima ni un segundo. Presentían que algo desagradable estaba por llegar.

Juntas rezaron en el interior del hogar para que la Virgen salvara a los heridos. A pesar de eso, uno de los hombres murió en Tierra Mala y otro falleció en la consulta de don Nicolás.

Antes de que acabara el día, doña Josefa, doña Lola y Amparo se acostaron. Necesitaban descansar. Ya era casi media noche cuando les pareció que alguien tocaba en la puerta. Al principio creyeron que el ruido lo provocaba el viento.

Entonces, la puerta retumbó de nuevo. Doña Lola le hizo señas a su madre para que escondiera a Amparo. La anciana, sin perder tiempo, empujó a su nieta obligándola a salir de la casa por la puerta de atrás.

Doña Josefa abrió el gallinero. Amparo entró y observó a las gallinas que estaban subidas en los dos palos que iban de una pared a la otra. Su abuela le pidió que no hiciera ruido, pasó el fechillo desde fuera y desapareció sin decirle nada más.

Apresuradamente, doña Josefa entró en el hogar. No vio a su hija por ningún lado. La llamó en voz alta y nadie contestó. El silencio que tanto solía gustarle le pareció terrible. ¿Dónde se había metido Lola?

La anciana, acongojada, recorrió cada rincón buscando a doña Lola. El esfuerzo resultó inútil. Así que doña Josefa se puso un chal encima de su camisón y echó a correr hacia la calle.

La mujer se dirigió hacia el cuartel de la Guardia Civil. Allí le explicó lo ocurrido a un joven recién llegado de la península. Él la escuchó con atención y le pidió que regresara a su casa sin aclararle si fueron ellos los que habían ido a por su hija.

Doña Josefa volvió a su casa. Andaba asustada, aunque intentó que no se le notara cuando abrió el gallinero y le pidió a Amparo que saliera. Después, la acompañó hasta su cuarto y le ordenó:

—¡Acuéstate, Amparo!

—¿Dónde está mi madre?

—¡No te preocupes! Fue a hacer un mandado, mañana volverá.

—¿Dónde está mi madre? —repitió.

—Te he dicho que no te preocupes... ¡Duérmete!

—¿Dónde está mi madre?

—¡Cállate ya! —respondió chillando.

Amparo se acurrucó en una esquina cuando la abuela salió de su habitación. Al rato, escuchó un ruido y se asomó a la ventana. Eso le permitió contemplar a escondidas algo que jamás olvidaría: doña Josefa, desesperada, caminaba por la huerta llorando y jalándose de los pelos como si quisiera arrancárselos.

Antes de que amaneciera, la abuela fue a la plaza de los Remedios. La anciana se alegró al ver que el camión de Javier Cabrera estaba cerca y que su dueño dormía dentro. Doña Josefa tuvo que tocar con los nudillos varias veces el cristal para que él se despertara.

Javier Cabrera se bajó aturdido. A pesar de ello escuchó con interés a doña Josefa. Ella notó que apestaba a coñac. Percibió, incluso, que estaba inquieto mientras le respondía:

—No se preocupe, vaya *pa* su casa. Seguro que su hija aparece.

Doña Josefa le dio las gracias y acto seguido entró en la pensión Méndez. En la puerta se cruzó con un desconocido, pero no le dio importancia. Ni siquiera se fijó en él. Tenía cosas más importantes de las que ocuparse.

La anciana fue directa a la cocina y saludó a doña Lutgarda, la dueña de la fonda. Doña Josefa le dijo que necesitaba avisar al juez. El hombre y su mujer, doña Emilia, hacía meses que vivían en una de las habitaciones.

Doña Lutgarda le contó que el matrimonio se había ido la semana anterior a visitar a unos amigos a Candelaria. Le dijo que probablemente no volverían hasta que pasaran tres o cuatro días. La señora sintió no poder ayudarla.

Doña Lutgarda, al ver la angustia que padecía doña Josefa, le ofreció una agüita guisada para que templara los nervios, pero ella no la aceptó porque su prioridad era encontrar a Lola.

—No tendría que haber vuelto —le comentó doña Lutgarda suspirando antes de que abandonara su cocina. Le dio mucha pena ver cómo la madre de la desaparecida se alejaba apoyándose en su bastón.

Doña Josefa pensó en pedir ayuda a don Juan Pedro. Entonces recordó que el maestro tampoco se encontraba en el pueblo. Lo había visto en la venta días atrás y él mismo le contó que se iba a las fiestas de El Palmar con unos amigos.

La anciana llegó jadeando al cuartel de la Guardia Civil. Al preguntar otra vez si sabían algo sobre su hija, percibió que comenzaban a enfadarse. Quizás por eso, solo le dijeron:

—¡Señora, váyase a su casa! ¡Aquí no hace nada!

La mujer regresó a su hogar con el corazón encogido. Allí le preparó el desayuno a su nieta. Ninguna de las dos habló. A media mañana la abuela volvió a salir a la calle y fue de casa en casa.

Una corazonada y varias frases que le dijeron hicieron que caminara hacia la vivienda de doña Consuelo. Sabía que la madre de Daniel y del difunto José no la recibiría bien, aunque eso era lo que menos le importaba al plantarse frente a la puerta de aquella maldita mujer.

Primero tocó con suavidad y luego con más fuerza. Nadie abrió. Sin embargo, estaba convencida de que la propietaria se encontraba dentro. Eso y la impotencia que la ahogaba al no saber de Lola, la llevaron a golpear la puerta con insistencia.

Entretanto, doña Consuelo se acercó arrastrando su pierna izquierda a una de las ventanas de la planta alta. Al ver a doña Josefa abajo, no pudo evitar que la rabia la invadiera de nuevo.

—¿Qué hace aquí, doña Josefa? —le reprochó tras asomarse.

—¿Dónde está mi hija, doña Consuelo?

—¿Cómo se le ocurre venir a preguntármelo a mí? ¿Acaso se ha preocupado usted durante todos estos años por el mío? ¿Le ha importado que esté bajo tierra porque su hija lo mató?

—¡Eso es mentira! —gritó doña Josefa.

—¿Mentira? ¿Está segura?

—¡Mi hija quería a su hijo!

—Pues si tanto lo quería... a lo mejor está ahora mismo con él.

Doña Consuelo cerró la ventana dando un fuerte golpe y desapareció.

Doña Josefa, creyendo que su hija podía encontrarse en el interior de la casa, siguió golpeando la puerta con los puños y dándole patadas con la intención de derribarla. Rápidamente se quedó sin fuerzas y tuvo que sentarse en el chaplón.

La anciana acercó su oreja a la puerta para intentar escuchar qué sucedía entre aquellas cuatro paredes. Le pareció que alguien arrastraba un mueble. Miles de ideas funestas le corretearon por su mente.

Encolerizada, apoyó las palmas de las manos y la frente en la madera. Pegó la nariz a una de las rendijas de la puerta. No distinguió ningún olor raro. Entonces pensó: «En algún momento tendrá que salir, y cuando lo haga, entraré y comprobaré si Lola está ahí».

Marcelo encontró a su abuela allí después de que desapareciera su madre. Su tío, don Daniel, le contó que doña Barbarita, una de las pocas vecinas de Buenavista que disponía de teléfono en su hogar, acababa de llamarlo porque doña Josefa estaba por fuera de la casa de doña Consuelo golpeando la puerta sin parar.

Lo que doña Barbarita le comunicó a don Daniel sirvió para que Marcelo y su tío supieran que algo malo debía estar pasando. Marcelo nunca había visto a su abuela Josefa, pero después de hablar por teléfono con ella en varias ocasiones y escribirse largas cartas, se conocían bastante.

Tras recibir el aviso, Marcelo se subió precipitadamente en el camión de su tío para ir hacia Buenavista. El vehículo respondió muy bien durante todo el camino, a pesar de que el hombre exprimió el motor al máximo.

Don Daniel lo guio hasta la casa de doña Consuelo. Al llegar, vieron a doña Josefa acurrucada junto a la puerta. Tenía los labios secos, los puños ensangrentados y los ojos irritados porque había llorado durante horas.

Doña Consuelo oyó que un camión se acercaba y se asomó a la ventana. Respiró aliviada al cerciorarse de que era el vehículo de su hijo Daniel. Sin embargo, notó que le faltaba el aire al fijarse en el muchacho que lo manejaba.

Le bastó mirarlo para descubrir el enorme parecido que existía entre este y su difunto hijo. La anciana se quedó hipnotizada observándolo. «Es hijo de José», pensó. Fue así como descubrió que tenía un nieto.

Marcelo se bajó del camión y se reunió con doña Josefa. Mientras la ayudaba a levantarse, le dijo:

—Abuela, soy Marcelo, venga conmigo.

Ella lo miró asombrada. Luego se aferró a él y lloró con fuerza:

—¡Marcelo, mi niño! ¡Marcelo...!

—¡Tranquila, abuela, tranquila, ya estoy aquí!

Don Daniel se dio cuenta de que su madre estaba en la ventana de su cuarto. Desde ese lugar, doña Consuelo presenciaba todo lo que ocurría en el exterior. Don Daniel vio que se santiguaba una y otra vez.

Doña Consuelo notó que los remordimientos le encogían el estómago. La mujer no pudo evitar que las lágrimas le resbalaran por las mejillas a la vez que pensaba: «Si lo hubiera sabido antes, si lo hubiera sabido antes...».

Don Daniel tocó con los nudillos en la puerta de la casa de su madre. Ella no tardó en abrirle a pesar de que le costaba desplazarse arrastrando la pierna izquierda. Cuando lo tuvo enfrente, doña Consuelo le dio una fortísima cachetada.

El pobre hombre se quedó aturdido. No sabía qué decir. Avergonzado, escuchó el primer reproche. Durante años oiría muchísimos más.

—¡No tienes fundamento! ¡Tendrías que habérmelo contado, mal hijo! ¡Jamás te lo perdonaré!

Capítulo 31

Desmangallado: desaliñado,
descuidado en el vestir.

Amparo soltó el rosario, salió de su dormitorio y bajó las escaleras corriendo al oír que alguien abría la puerta de la calle. ¿Sería su madre? Una inmensa decepción la invadió al descubrir que la recién llegada no era ella, sino su abuela.

—¿Encontró a mi madre? —preguntó.

—No —respondió doña Josefa con resignación.

La muchacha no habló. Se limitó a agachar la cabeza, darse la vuelta y comenzar a subir despacio. Necesitaba estar sola. Se sentía culpable y sumamente triste. En muy poco tiempo había perdido a su padre, a su hermano y, ahora, a su madre.

De pronto, la joven escuchó ruidos que provenían del zaguán. Le pareció extraño, por eso miró en aquella dirección. Al hacerlo, vio que su hermano Marcelo aparecía por el fondo del pasillo. Venía desmangallado.

Amparo no pudo reprimir las lágrimas al abalanzarse sobre él y abrazarlo. Marcelo también lloró al tener a su hermana pequeña entre sus brazos. Los dos intuían que ya nada sería igual.

Una vez que lograron tranquilizarse, se sentaron con la abuela y repasaron los últimos acontecimientos intentando averiguar dónde estaba doña Lola. Barajaron diferentes hipótesis, pero después de varias horas, las mismas incógnitas continuaban sin respuestas: ¿se la habían llevado?, ¿se había ido ella? Y la peor de todas: ¿volverían a verla con vida?

Doña Josefa y sus nietos creían que de momento era mejor no separarse. Aun así, cambiaron de idea cuando doña Barbarita los visitó para darles un recado. El párroco de Garachico acababa de llamar por teléfono pidiendo que Marcelo fuera a verlo para entregarle una carta.

Marcelo, Amparo y la anciana pensaban que la carta podía ser de Lola o contener alguna pista que les condujera hasta ella. Necesitaban comprobarlo, aunque a Marcelo no le gustara marcharse y dejarlas solas.

Antes de irse hacia Garachico, Marcelo les dio un abrazo y les prometió que volvería lo más pronto posible. A continuación se montó en el camión y, mientras cebaba el motor para arrancarlo, notó que le sudaban las manos.

Al día siguiente, Amparo se levantó inquieta. Ni ella ni su abuela habían dormido bien. Un poco más tarde, cuando terminaron de desayunar, la niña volvió a comportarse de una manera inusual.

Doña Josefa se dio cuenta de que algo no iba bien. La anciana estaba sentada frente a su nieta. Eso le permitió observar que sus ojos cambiaban de color y su cabello se mecía como si lo agitara el viento.

Amparo, al percibir el olor a muerto, bajó la cabeza, aturdida. Notó que se mareaba. La respiración, incluso, se le aceleró. «No puede ser. Estoy equivocada», se dijo a sí misma tratando de convencerse.

Doña Josefa decidió calmarla:

—Tranquila, Amparo.

—Tengo miedo... ¡Apesta a tumba! —susurró.

—No te preocupes, todo el mundo tiene que morir.

La muchacha levantó la mirada y contempló asombrada que, aunque las ventanas estaban cerradas, el cabello de su abuela también se movía. Los ojos de doña Josefa dejaron de ser canelos para convertirse en grises.

Las dos se abrazaron y Amparo se atrevió a mencionar un asunto que desde hacía meses la inquietaba. Sabía que si no se lo preguntaba ahora, nunca descubriría la verdad:

—Abuela, ¿por qué le molestó que mi madre regresara?

—Era peligroso. A veces, es mejor no remover el pasado.

—¿Por qué? —quiso saber.

—Porque tu madre hizo las cosas mal.

—¿Qué fue lo que hizo, abuela?

Doña Josefa tardó varios segundos en responder. A pesar de que habían transcurrido muchísimos años, le costaba rememorar lo sucedido. Recordarlo era sumamente doloroso. Amparo notó que sus pupilas se dilataban mientras hablaba:

—Tu madre se quedó embarazada sin haberse casado.

—¿Y mi padre qué hizo?

—Tu padre no hizo nada porque todavía no se conocían. El verdadero padre de Marcelo es José, el hijo de doña Consuelo.

—No lo sabía —dijo un tanto aturdida Amparo.

—José amaba a tu madre. Se iba a casar con ella antes de que se le notara la barriga, pero pasó algo terrible. De repente, él comenzó a oler a difunto y Lola, al enterarse de que iba a morir, intentó salvarlo.

—¿Sabía que iba a morir?

—Sí, por eso ella se escapó de casa y le pidió a José que esa noche no fuera a cazar pardelas a la Punta de Teno. ¡Ojalá la hubiera encerrado aquel día en su cuarto!

—¿Mi madre puede oler la muerte?

—No, tu madre no... Yo sí. Es un don que casi siempre pasa de abuelas a nietas saltándose una generación. Así ha sido desde el principio de los tiempos. Yo soy la culpable, la verdadera culpable, la única culpable. No tendría que haberle contado que él iba a morir. Yo era una mujer adulta, no una jovencita como tú, que aún no sabe controlar su rabia o su lengua. Yo era mayor. Sabía que jamás se debe revelar que alguien va a fallecer porque eso siempre empeora las cosas. Tú misma lo has comprobado cada vez que has anunciado una muerte.

La niña asintió y doña Josefa continuó con su confesión:

—Me dio pena que José y Lola no pudieran despedirse. Ella estaba muy enamorada de él y cometió una equivocación terrible: le pidió llorando que no se marchara.

—¿Por qué dice que se equivocó? Yo hubiera hecho lo mismo —reconoció Amparo.

—Porque José regresó a su casa. Su madre, doña Consuelo, al verlo, le preguntó: «¿No ibas a cazar pardelas?». Y él respondió: «Sí, pero Lola está empeñada en que si voy, moriré. Dice que si me alejo de su lado, me dejará para siempre».

Doña Josefa miró a su nieta y le pareció que era lo suficientemente mayor para conocer la verdad.

—Una vecina me dijo que ese día coincidió en la venta con doña Consuelo. La madre de José le contó la conversación que había tenido con su hijo y le aseguró que pensaba ir a la iglesia para pedirle a la Virgen de los Remedios que lo separara de Lola para siempre.

—¿Y después? ¿Qué ocurrió?

—José y Lola desaparecieron. Estuvimos buscándolos durante la noche. Nadie sabía dónde estaban. A la mañana siguiente, cuando tu madre volvió a casa, le di una cachetada y le prometí que nunca la perdonaría.

—¿Le dijo dónde estuvieron?

—Sí, en un pajero. No pensaron en el escándalo, ni en el qué dirán... Cuando la vi entrar en casa pidiéndome ayuda, me indigné.

—¿Por qué quería que la ayudara?

—Porque no lograba despertar a José. Parece que apenas respiraba. Me negué a ir a donde él estaba. A ella le prohibí volver a salir. Montó en cólera. Yo solo intentaba que no pudieran relacionarla con aquello.

—¿Y José murió?

—Sí, murió, y su madre, doña Consuelo, al enterarse de que habían encontrado el cuerpo sin vida de su hijo, enloqueció. Le dijo a todo el mundo que Lola lo mató y algunas personas la creyeron.

—Pero, abuela, mi madre no lo mató... ¡Es injusto! —reconoció Amparo.

—Lo que pasó a continuación fue horrible. Doña Consuelo, enfurecida, vino a nuestra casa. Golpeó la puerta repetidas veces. No abrí porque me dio miedo. Esto aumentó su rabia. También la de Lola, que consideró mi manera de actuar la mayor de las crueldades posibles.

—¿Y qué hicieron?

—Nos refugiamos en la planta alta. Doña Consuelo empezó a tirar piedras contra la fachada. Varios cristales de las ventanas saltaron por los aires. Poco después llegaron dos guardias civiles. Golpearon la puerta para que abriéramos. Sostenían sus armas entre las manos.

—¡Abuela, qué miedo!

—Amparo, tu madre lloraba abrazada a mi difunta hermana. Temí que entraran en la casa y se la llevaran. Por eso le dije que atravesara nuestra huerta y se largara a pedirle ayuda a un amigo que desde siempre estaba loco por ella.

—¿Y mi madre obedeció?

—Lola no quería irse. La muy insensata solo pensaba en hablar con doña Consuelo para decirle que ella no mató a su hijo. Tu madre quería velar el cuerpo de José, y yo lo que temía era que en pocas horas fuera yo quien tuviera que velar el suyo. Sobre todo, por lo que ocurrió después...

—¿Qué ocurrió?

—Doña Consuelo se desmayó. Al caer al suelo, se golpeó la cabeza y se partió la cadera. La herida de la cabeza era muy aparatosa, eso enfadó más a la gente que estaba por los alrededores de nuestra casa. Empezaron a gritar y tuve que actuar con rapidez.

—¿Qué hizo?

—Le dije palabras terribles a tu madre para que me odiara y no quisiera volver a este pueblo. Logré que se marchara enfurecida a buscar al chico que te comenté para que la ayudara a salir de Buenavista. Intenté explicarle a la muchedumbre que estaba por fuera que se trataba de un malentendido. Al principio ni me escucharon, pero poco a poco logré entretenerlos. Gracias a eso, a Lola le dio tiempo de atravesar la huerta y desaparecer.

Doña Josefa se echó a llorar. Amparo se levantó y la abrazó.

—¿De qué murió José?

—Jamás se supo, quizá fue por una corriente de aire —respondió doña Josefa.

—Y doña Consuelo qué hizo luego.

—Odiarnos por lo de su hijo, pero también porque debido a la caída se enfrentó a terribles dolores y se quedó coja.

—Abuela, cada vez huele más a cementerio.

—Sí, la muerte está cerca. Te aseguro que me encantaría esperar a que llegara el momento junto a ti, pero no puedo. ¡Amparo, quédate en casa y reza! ¡Volveré enseguida!

—¡No me deje sola, abuela! Iré con usted, no me deje sola, por favor, tengo miedo… —le suplicó llorando.

—Lo siento, Amparo, quiero que te quedes en casa. Cuando yo salga, cierra la puerta con llave.

Amparo vio con lágrimas en los ojos a su abuela atravesando el zaguán. Antes de cerrar la puerta, doña Josefa giró la cabeza y miró a su nieta, entonces le dijo:

—Mi niña, eres lo mejor que me ha pasado en la vida.

Amparo sonrió.

La anciana salió y subió por la calle Verde. Se dirigió hacia el cuartel de la Guardia Civil. Allí se sentó en un banco hasta que la atendieron. Quería preguntar si tenían noticias sobre su hija.

Tras esto, fue hacia la casa de doña Consuelo. Necesitaba decirle cuatro cosas. Así que cuando doña Consuelo se acercó a la ventana de la planta alta arrastrando la pierna y se asomó, doña Josefa le gritó:

—¡Abra la puerta! ¡Tenemos que hablar! ¡Y quite esa cara de susto que no vengo a matarla!

Doña Josefa y doña Consuelo hablaron, aunque previamente se gritaron y usaron frases cargadas de reproches. No se sabe cómo, lograron calmarse y llegar a un acuerdo. En cuanto esto ocurrió, se encaminaron hacia la casa de doña Barbarita para hacer una llamada.

Doña Josefa se sentó en el salón de doña Barbarita. Las ancianas esperaron con paciencia a que la dueña del teléfono girara la manivela del aparato. Doña Consuelo fue la que cogió el auricular.

Doña Josefa cerró los ojos y escuchó la conversación. Pasados unos minutos, intentó abrirlos de nuevo, pero le resultó imposible. Lo último que susurró antes de morir fue:

—Dónde estará mi querida hija…

Mientras tanto, Amparo lloraba acurrucada en su cuarto. Sabía que nunca más volvería a ver a su abuela. Estaba sola, por eso se asustó cuando unas horas después oyó que alguien golpeaba la puerta de la calle gritando:

—¡Abre, Amparo! ¡Abre! ¡Tenemos que irnos!

La muchacha salió de su habitación, bajó las escaleras despacio, llegó a la entrada de la casa y atravesó el zaguán. Con nerviosismo se inclinó sobre la mirilla y vio a la persona que desde la calle le pedía que abriera. Dudó durante varios segundos, aun así, quitó el pasador del fechillo, le dio la vuelta a la llave y dejó que entrara.

Capítulo 32

Matraquilla: insistencia molesta
en un tema o pretensión.

Instantes antes de que doña Lola desapareciera, una persona había tocado en la puerta de su vivienda de una manera muy insistente. Ocurrió a media noche, por eso la abuela acompañó a Amparo hasta el gallinero y le pidió que se quedara escondida dentro.

Doña Lola fue la que abrió la puerta de la calle. La mujer se sorprendió al ver que quien llamaba era Milagros. La hija de la vecina, a pesar de tener la mayor parte de su cuerpo escayolado, se había escapado de su casa para contarle algo muy importante:

—¡Van a llevarse a mi amiga! ¡Se la van a llevar!

A la madre de Amparo le costó entender lo que la chiquilla trataba de explicarle.

—¿Qué dices, Milagros? —preguntó doña Lola.

—Esta tarde escuché a tres hombres por fuera de mi ventana. Al principio no entendí la conversación. Hablaban en clave, creo que sobre un robo, un muerto, un cementerio o algo así. También sobre una joven.

—¿Una joven? —repitió doña Lola.

—Sí, una chica que ya no sale tanto a la calle. Una chica que tiene que pagar por lo que hizo. Llevo horas con la misma matraquilla pensando en lo que escuché y acabo de darme cuenta de que esa chica es... ¡Amparo! ¡La van a raptar!

—¿Sabes a dónde fueron esos hombres? —preguntó doña Lola con pavor.

—Quedaron en verse a medianoche en la calle de la Ranilla. Dijeron que mañana, bien temprano, recogerían una caja y cuando la tuvieran irían a por la chica. ¡Van a llevarse a Amparo! ¡Dicen que es una asesina!

Doña Lola salió corriendo de su casa. Al avanzar por las calles, le pareció estar viviendo la misma escena de años atrás. El viento soplaba con furia, pero este no logró detenerla. La mujer llegó sudando a la puerta de aquella casa. Javier Cabrera no tardó en abrirle:

—¡Ayúdame! ¡Necesito salir del pueblo!

—¿Otra vez?

—Por favor, quieren quitarme a Amparo... ¡Hay que sacarla de aquí!

—¿Y por qué tendría que ayudarte si no es mi hija?

—¡Ayúdame! Por favor...

—¿Quieres que te ayude, como hace años, para luego decirme que no quieres estar conmigo? ¿Te crees que no me he dado cuenta de que siempre haces lo mismo?

—Hace años tenías novia, Javier.

—¿Y qué? Sabes que estaba dispuesto a dejarla por ti —contestó enfadado.

—Y tú sabes que eso era condenarla a la vergüenza y a la soledad. ¡Nadie se habría casado con ella si la hubieras dejado! ¡Nadie habría querido a una chica que tuvo otro novio!

—¿Y por qué no me aceptaste cuando ella falleció?

—Porque ya estaba con Miguel y él se había hecho cargo de mi hijo Marcelo.

—¿De verdad crees que me voy a arriesgar por ti? ¡Olvídate! Estoy harto. ¡Cansado de que vengas a buscarme cuando tienes problemas!

—Por favor, Javier… ¡Ayúdame a salvar a Amparo y me quedaré contigo!

Javier Cabrera y doña Lola se miraron a los ojos. Pasaron varios segundos en silencio. Cada uno recapacitando sobre lo que acababan de acordar. Los dos sabían que la palabra valía más que cualquier papel firmado.

—Voy a por mis cosas, no tardaré —comentó Javier Cabrera a pesar de que se sentía agotado tras el accidente de Tierra Mala—, pero una cosa te digo, Lola, no te quedes conmigo si no me quieres.

En unos pocos minutos, doña Lola y Javier se subieron en el camión y se dirigieron hacia la zona en la que Milagros aseguraba que los tres hombres iban a reunirse. No les costó encontrarlos. Estaban en una esquina oscura.

Doña Lola comprobó horrorizada que uno de ellos era el capataz de don Antonio Valdés. Eso provocó que se escondiera debajo de una manta cuando Javier Cabrera aminoró la velocidad y detuvo el vehículo al lado de estos.

Javier Cabrera los saludó antes de bajarse levantando ligeramente el mentón. Los otros lo observaron con cara de pocos amigos. Enseguida supo que no era bien recibido. No le iba a resultar sencillo entablar una conversación con ellos.

—Estoy buscando a mi hermano. ¿Han visto a un muchacho de unos quince años? —preguntó Javier Cabrera para romper el hielo.

—No —respondieron al unísono.

—Pues como no lo encuentre... ¡mi madre me mata! —confesó.

—¿Es usted su niñera? —cuestionó el capataz de don Antonio Valdés usando un tono de voz desagradable.

—Sí, yo no lo podría haber dicho mejor. ¡Soy su maldita niñera! Por cierto, ¿les apetece un trago?

Los hombres contemplaron cómo Javier sacaba del camión una botella de coñac. Al capataz de don Antonio Valdés le apetecía probarlo, pero lo rechazó. Javier, sin embargo, bebió con ganas.

El capataz de don Antonio Valdés pensó: «Mañana va a ser un día duro. La verdad es que me sentaría bien echarme un trago». Javier Cabrera notó que el individuo comenzaba a salivar como si fuera un perro.

Rápidamente el capataz de don Antonio Valdés se despidió de los jóvenes. Estos se subieron en un furgón verde y se marcharon. El capataz miró a Javier Cabrera que seguía bebiendo apoyado en la rueda de su camión. Javier supo que debía insistir:

—Maestro, ¿quiere?

El capataz cogió el envase y bebió. A partir de ahí, se fueron pasando la botella y comenzaron a hablar. Doña Lola, mientras tanto, rezaba agarrando entre sus manos la medallita de la Virgen de Los Remedios.

Una hora después, Javier Cabrera y el capataz ya estaban muy borrachos. De hecho, el capataz apenas podía sostenerse en pie, por eso le pidió a Javier que lo acercara a la pensión de doña Lutgarda. Esa mañana había alquilado una habitación allí.

Javier Cabrera aceptó llevarlo en su camión. Debido al alcohol ingerido, el capataz no se dio cuenta de que doña Lola también viajaba dentro de la cabina del vehículo. La pobre mujer temblaba escondida bajo una manta detrás de su asiento. Al llegar a la plaza, Javier Cabrera aparcó enfrente de la pensión. Doña Lola escuchó cómo bromeaban. Tardaron en despedirse. Cuando el capataz se bajó, ella respiró aliviada.

—¡Te pido un favor y te dedicas a beber con el hombre que quiere robarme a mi hija! —le recriminó.

—Sé lo que hago —afirmó él.

Javier Cabrera tenía los ojos inyectados en sangre. Le costaba vocalizar. A pesar de ello, antes de quedarse dormido sobre el volante, le ordenó a Lola que vigilara la puerta de la fonda:

—¡Si el capataz sale, será por ahí! —aseguró—. Necesito descansar, avísame si aparece.

Capítulo 33

Chafalmeja: persona de conducta informal e irresponsable.

Esa noche, las horas transcurrieron muy despacio. Estaba amaneciendo cuando alguien golpeó la ventana del lado del conductor. Doña Lola, al sentir el ruido, se agachó para que no la vieran desde el exterior.

A Javier le costó abrir los ojos. Tras esto, se bajó del camión con dificultad. Tenía las piernas entumecidas. Ni doña Lola ni él sabían quién se encontraba fuera. Se sorprendió al descubrir que se trataba de doña Josefa.

La anciana le contó que su hija había desaparecido después de que tocaran en la puerta de su casa. También le dijo que estaba muy preocupada y le pidió ayuda.

Javier Cabrera iba a explicarle lo que pasaba. Sin embargo, en ese momento, ocurrió una cosa que se lo impidió: el capataz de don Antonio Valdés atravesó el zaguán de la pensión dispuesto a marcharse.

—No se preocupe, vaya *pa* su casa, doña Josefa. Seguro que aparece —le dijo Javier Cabrera, y para no desperdiciar ni un solo segundo, se marchó corriendo. No podía perder la pista de aquel hombre.

Javier Cabrera vio que el capataz de don Antonio Valdés cruzaba la plaza y se detenía a hablar con José María. Agazapado, oyó cómo llegaban a un acuerdo relacionado con lo que José María le cobraría por trasladarlo en su coche hasta la galería de agua. El hombre dejó que se alejaran montados en el vehículo. Poco después, puso el camión en marcha y los siguió. Le pareció muy extraño que el capataz quisiera ir a la galería.

Nadie en su sano juicio se desplazaría a cualquier zona en la que hubiera galerías de agua. Todo el mundo sabía que eran lugares peligrosos. Solo acudían quienes trabajaban allí. Además, era domingo, el día de la semana en el que se descansaba.

Javier escondió el camión mucho antes del desvío hacia la galería. Doña Lola y él harían el resto del recorrido a pie. Había amanecido hacía rato. «A estas horas, debería estarme preparando para ir a misa y no en un lugar donde el diablo perdió los calzones», pensó.

Avanzaron en silencio. Eso les permitió darse cuenta de que un vehículo se dirigía hacia ellos. Les dio tiempo a esconderse tras un matorral y vieron pasar a José María que regresaba solo conduciendo su coche negro.

Doña Lola y Javier continuaron caminando. Solo intercambiaron varias palabras. Ella iba delante. Ascender por el terreno les supuso un buen rato. Ninguno sabía qué podrían encontrarse al final del trayecto.

Al coger la última curva, descubrieron un furgón verde por fuera de la galería. Javier Cabrera lo reconoció. Era el mismo vehículo en el que se marcharon la noche anterior los dos muchachos que estaban hablando con el capataz.

Doña Lola y Javier agudizaron sus sentidos. De pronto escucharon golpes dentro de la galería. Al rato, oyeron pasos y unas voces cada vez más próximas.

Se metieron precipitadamente detrás de una tanquilla. Desde ese lugar vieron que el capataz de don Antonio Valdés salía al exterior. Llevaba entre las manos una jaula con un pájaro y un par de herramientas. Le seguían los chicos. Cargaban una caja de madera rectangular bastante sucia. No era demasiado grande, pero debía de pesar, por cómo resoplaba la pareja al trasladarla.

El capataz soltó todo y se encendió un cigarro. Los chicos posaron la caja en el suelo con cuidado. Luego se limpiaron el sudor de sus frentes y bebieron agua de un viejo porrón.

El más joven se acercó al furgón y regresó con un pequeño saco en el que llevaba un trozo de queso, un zurrón y una botella de vino. Los tres se sentaron encima de unas piedras y comenzaron a comer y a beber. Cuando acabaron, el capataz se encendió otro cigarro y clavó sus ojos en la caja. Apoyó su bota sobre ella, eructó y se echó un buen trago de vino. No tardó en decir algo que provocó que se alteraran:

—Esto se divide en dos: una parte es para ustedes y la otra para mí.

—¡De eso nada, se reparte en tres partes iguales! —exclamó uno de los hombres.

—Sin mí —aseguró el capataz—, ustedes nunca hubieran sabido que la caja fuerte existía ni que el pelirrojo tenía la llave.

—Sin nosotros... ¡usted no hubiera podido librarse de él!

—¡Yo nunca les pedí que lo mataran!

—Pero le vino bien... ¡Reconózcalo! —dijo el menos barbilampiño.

El capataz de don Antonio Valdés estaba indignado.

—¿Bien? ¿Les parece bien que después de confiar en ustedes porque son mis primos y venir a buscarlos para que hicieran el trabajo, se comportaran como chafalmejas? ¿Les parece bien haber metido al pelirrojo en una tumba vieja y que la gente lo encontrara porque ustedes son unos chapuceros y rompieron la lápida al moverla? ¿Les parece bien que descubrieran el cadáver por culpa del mal olor y las moscas? ¿De verdad? ¿Les parece bien?

—Primo, ¿qué va a hacer con esa navaja? —comentó uno de ellos al percatarse de que el capataz la sostenía en la mano.

—¡Rajarlos como a jareas! —afirmó el capataz de don Antonio Valdés tambaleándose ligeramente.

Javier Cabrera y doña Lola permanecieron callados. Sabían que aquello no iba a acabar bien. Comprobaron que no se equivocaban cuando el capataz atacó al primer muchacho y le cortó el cuello. Murió enseguida.

Doña Lola cerró los ojos. Los otros dos siguieron forcejeando. Cuando volvió a alongarse, presenció con espanto cómo el capataz lograba clavarle la navaja a su contrincante a la altura de los pulmones. Doña Lola y Javier Cabrera se miraron sin saber qué hacer. Ella se santiguó y asomó la cabeza. Vio a los dos jóvenes tirados en el suelo. Había mucha sangre, pero ¿dónde estaba el capataz de don Antonio Valdés? ¿Por qué no se oía ningún ruido?

Javier Cabrera y doña Lola se pusieron en pie. Avanzaron sigilosamente. Al bordear el furgón, descubrieron al capataz sentado junto a una de las ruedas. Este jadeaba mientras se agarraba el costado derecho tratando de evitar una terrible hemorragia.

Cuando Javier Cabrera se acercó para ayudarlo, él levantó la navaja con la intención de clavársela. Era una navaja con la hoja de grandes dimensiones afilada y el mango de nácar.

Javier Cabrera retrocedió asustado. Ya no volvió a acercarse a él hasta que su cabeza cayó hacia delante. A pesar de esto, tuvo cuidado cuando lo tocó para comprobar que estaba muerto.

Doña Lola sintió pena por el chiquillo que agonizaba. Le pareció que debía tener la misma edad que Marcelo. La mujer, sin pensarlo, se despojó de su enagua y la colocó sobre la herida. Javier le mojó los labios con el vino que quedaba en la botella.

Javier Cabrera decidió ir a buscar un médico, pero el moribundo le rogó que no lo hiciera. Prefería morir a explicarle a su madre por qué su hermano yacía a su lado con el cuello rajado. Pasaron varias horas intentando ayudar al joven que deliraba. Pensaron en trasladarlo, no obstante, su estado era tan lamentable que sabían que no llegaría con vida a ninguna parte.

Doña Lola y Javier permanecieron toda la noche acompañándolo. Eso no evitó que doña Lola deseara regresar a su casa y abrazar a su hija y a su madre. No podía imaginar que su progenitora iba a fallecer. Al amanecer el muchacho murió. Antes de hacerlo, les pidió que se llevaran la caja. No quería que su madre se enterara de los asuntos que su hermano y él se traían entre manos. Aseguró que ella no soportaría saber que se habían echado a perder.

Cuando Javier Cabrera y doña Lola abrieron la caja enmudecieron. En el interior encontraron un reloj de oro y muchísimas libras esterlinas. Era la primera vez que veían tanto dinero. «¿Y ahora qué hacemos?», se preguntaron.

Se marcharon aturdidos del lugar. Solo pensaban alejarse de todo aquello. Les iba a costar olvidarse de la terrible pelea que presenciaron.

Doña Lola no entendió que Javier Cabrera, después de subirse en su camión, en lugar de circular hacia Buenavista, cogiera la carretera de tierra que conducía hacia la galería.

—¿A dónde vas? —inquirió perpleja.

Él la miró.

—Voy a cumplir con la última voluntad del muchacho —dijo, y añadió—: Si vamos a vivir juntos, será lejos de aquí, y el contenido de la caja nos va a venir muy bien.

En otras circunstancias, doña Lola no se hubiera apropiado de algo que no le pertenecía. Sin embargo, estaba cansada de luchar, así que sonrió ligeramente pensando en recoger a sus hijos y empezar de cero.

Javier Cabrera y ella llegaron a Buenavista por la tarde. Previamente habían ido a Tierra Mala para esconder la caja y tardaron porque se entretuvieron durante un buen rato besándose dentro del camión.

Al atravesar las calles del pueblo, él condujo despacio. No querían llamar la atención. Aparcó tranquilamente por fuera de la casa de doña Josefa y los dos entraron. Les extrañó que a esas horas no hubiera nadie en la vivienda, por eso doña Lola salió a la calle y tocó en la casa de la vecina.

Esta, al verla, le agarró la mano y le dijo con lágrimas en los ojos que doña Josefa había fallecido. Cuando la buena señora le comentó que no había visto a Amparo durante todo el día, doña Lola se desmayó.

Javier Cabrera tuvo que meterla en la casa y esperar a que reaccionara. Cinco minutos después, recobró el sentido y se dispuso a remover de arriba abajo el pueblo para encontrar a su hija.

Capítulo 34

Virar: volver bruscamente la cara hacia alguien para embestirlo.

Doña Rosa salió corriendo de la panadería al enterarse por una clienta de que doña Lola acababa de aparecer. Con el delantal puesto bajó la calle y entró sin llamar en la casa de su gran amiga.

Doña Lola y ella, al verse, se abrazaron.

—Dime qué puedo hacer por ti —dijo la recién llegada. La hija de la difunta le pidió con lágrimas en los ojos que se encargara de preparar el velatorio de doña Josefa.

—¡Por supuesto, amiga, por supuesto! Ahora mismo aviso a don Saturnino para que la mida y le fabrique un ataúd a tu madre. Yo me ocupo de todo, no te preocupes.

—Gracias, de verdad, gracias.

Javier Cabrera y doña Lola salieron a la calle. Tocaron en varias viviendas. La mayoría se sorprendió al ver que ella había regresado. La mujer no les explicó dónde estuvo. Su prioridad era buscar a Amparo.

Doña Lola se dirigió a la plaza. Tal vez allí le podrían dar alguna información relevante. En un banco se encontró sentado al alcalde. El hombre se levantó tras escuchar sus palabras.

—Pondré todos los medios para encontrarla —prometió.

Javier Cabrera fue hacia el cuartel. En la entrada saludó a un joven agente. Los dos se conocían bien después de un par de borracheras juntos. Javier le contó que Amparo, la nieta de doña Josefa, había desaparecido. El chico se comprometió a indagar.

Doña Lola, desesperada, iba ascendiendo por la calle Verde cuando escuchó: «Shhh, shhh». La mujer echó un vistazo alrededor sin saber de dónde provenía aquel ruido. Entonces volvió a oírlo. La madre de Amparo se detuvo. Al hacerlo se dio cuenta de que la ventana de Milagros estaba abierta. Doña Lola aceleró para acercarse enseguida. Al llegar, apartó el visillo que le impedía mirar dentro. Eso le permitió ver a Milagros acostada en su cama.

La niña solo pronunció dos frases:

—Amparo se fue con doña Consuelo. Ella vino a buscarla.

La noticia provocó que doña Lola saliera corriendo como si estuviera endiablada. Sintió que la rabia la invadía. Quienes la vieron pasar aseguran que sus pies apenas tocaban el suelo mientras avanzaba hacia la casa de doña Consuelo. Su semblante reflejaba su ira.

Doña Consuelo esperaba que doña Lola apareciera en cualquier momento por su hogar, así que preparó un platito con rosquetes caseros y lo colocó encima del poyo. Aquello era un pueblo, y aunque la calle estaba desierta cuando fue a buscar a la muchacha, probablemente alguien las habría visto.

La anciana sonrió. Lo que iba a contarle a la exnovia de su hijo cambiaría su existencia para siempre. Doña Consuelo llevaba años odiándola y deseando vengarse.

—Las vueltas que da la vida —dijo en voz alta.

Doña Lola se detuvo delante de la vivienda de doña Consuelo. Notó que le faltaba el aire. A pesar de ello empujó la puerta de la calle con violencia y atravesó el zaguán. Con decisión, recorrió el pasillo gritando:

—¿Dónde está mi hija?

—Estoy en la cocina. ¡Ven! —contestó la anciana con tranquilidad.

En ese instante, Javier Cabrera corría en esa dirección porque Milagros le había dado la misma información que a doña Lola. El hombre temió llegar demasiado tarde, tenía claro que el encuentro entre ambas no acabaría bien.

Doña Lola encontró a doña Consuelo sentada frente a la enorme mesa en la que se preparaba el pan. La madre de José y de Daniel la observó de una manera extraña. Parecía incluso que sonreía cuando le dijo:

—¡Siéntate y cómete un rosquete!

—¿Dónde está mi hija? —repitió.

Doña Consuelo no respondió. Doña Lola la miró fijamente y apoyó las manos en el espaldar de una silla tratando de contenerse. Le apetecía saltarle encima y zarandearla. Intentó que no se lo notara.

—¿Dónde está mi hija? ¿Dónde está?

Doña Consuelo tardó en responder:

—Llegas tarde.

—¿Dónde está mi hija? —chilló desesperada.

—Le pedí a Maco que la acercara en su coche a Garachico. Deben de estar llegando a casa de mi hijo Daniel. Marcelo la espera allí.

—¿Por qué? —quiso saber doña Lola.

—Porque tu madre vino a verme y me contó que la muchacha corre peligro.

—¡No te creo! —gritó angustiada.

—Lo que te digo es verdad. Como sabes, te odio con todas mis ganas, pero Amparo es la hermana de mi nieto Marcelo. Si la matan, mi nieto sufrirá. Por cierto, podrías haberme dicho que soy abuela...

Mientras hablaban, Javier Cabrera atravesó el patio delantero de la casa. Le sorprendió que la puerta principal estuviera abierta de par en par. Oyó gritos y no dudó en entrar. Con agilidad se dirigió hacia el lugar del que procedían. Doña Lola no se dio cuenta de que él acababa de aparecer.

Doña Consuelo viró la cara y lo vio avanzando por el pasillo. Siempre sospechó que él había ayudado a

Lola a salir de Buenavista tras la muerte de su hijo José. Ahora lo tenía claro. Sintió un enorme desprecio. Era el momento de vengarse, por eso sonrió y se preparó para llevar a cabo una conversación que lo destruiría.

—Mi hijo Daniel va a trasladar a Marcelo y a Amparo al muelle de Santa Cruz. Cogerán un barco para marcharse.

—¿Un barco? ¿Por qué? ¿A dónde quieren ir? —preguntó doña Lola, confundida.

Doña Consuelo contestó despacio. Eso le permitió observar cómo Javier Cabrera apretaba la mandíbula al escuchar lo que ella contaba:

—Se van a Venezuela dentro de cinco días. Tengo buenas noticias para ti: tu marido está vivo y quiere que se reúnan con él.

A doña Lola se le aflojaron las piernas. Tuvo que sentarse. Había esperado durante tanto tiempo noticias de don Miguel... No supo qué decir. Javier Cabrera giró sobre sus propios pasos y abandonó la casa sin hacer ruido. Doña Consuelo sonrió satisfecha y siguió poniéndola al día:

—Esta mañana, antes de que tu madre muriera, llamé a Marcelo por teléfono. Me dijo que el párroco de Garachico le dio una carta que envió tu esposo. Parece que un amigo de Marcelo, un tal Jaime García, se la entregó al sacerdote de Arona y este se encargó de hacérsela llegar. ¡Cambia esa cara, mujer, deberías estar contenta! ¡Tienes los papeles para marcharte porque tu marido no te ha olvidado!

Doña Lola notó que se mareaba. ¿Sería verdad lo que afirmaba doña Consuelo? No podía fiarse de ella, necesitaba comprobar la información y sabía cómo: telefonearía inmediatamente a Garachico.

Doña Lola tenía que ir al ayuntamiento o a casa de doña Barbarita para llamar. Quería hacerlo, pero andaba aturdida, por eso apoyó las dos manos en las paredes para caminar erguida. Nunca supo que Javier Cabrera había escuchado todo.

Doña Lola salió al exterior. Tras alejarse unos metros, giró la cabeza y vio a la anciana asomada a la ventana. Doña Lola movió los labios diciendo «gracias». Doña Consuelo sonrió. Jamás volvieron a verse.

Capítulo 35

Pelete: frío intenso.

Doña Lola veló el cuerpo de su madre en el salón de la casa de Buenavista. Las horas pasaron despacio, dándole la oportunidad de despedirse de ella con calma y pedirle perdón por todos los sufrimientos que la pobre padeció por su culpa.

Por el hogar desfilaron muchas personas para presentar sus respetos. Sin embargo, Javier Cabrera no apareció en ningún momento por allí. Ni siquiera fue al cementerio. Doña Lola tampoco preguntó por él.

Después del entierro, doña Rosa la ayudó a vender los animales, a tapar los muebles y a cerrar la vivienda. Era la segunda vez que se iba de la Isla Baja, y aunque tuvo tiempo para asimilar que debía marcharse, le dolió hacerlo.

Doña Lola viajó hasta Garachico en la guagua. Hacía pelete, pero ni siquiera lo notó. Anatael y el conductor no permitieron que pagara por el trayecto. De hecho, cuando se apeó, se despidieron de ella afectuosamente.

La mujer iba cargada con su equipaje, el de Amparo y bastantes viandas para la travesía. El corazón le golpeaba el pecho con violencia al tocar en la puerta de la casa de don Daniel. Por suerte, no tardaron en abrirle.

Amparo, Marcelo y su madre se abrazaron y lloraron al reencontrarse. Don Daniel, emocionado, sacó su pañuelo de tela y se limpió los ojos. Nunca pensó que se alegraría al ver de nuevo a la antigua novia de su hermano ni que la invitaría a dormir en su casa.

A doña Lola le habían contado que en ocasiones robaban en los barcos, por eso durante la noche, sin que nadie la viera, cogió los abrigos de sus hijos, abrió los vueltos de las mangas y escondió el dinero dentro. Luego cosió la tela con fuertes puntadas.

Cuando llegaron al muelle de Santa Cruz descubrieron que estaba lleno de gente. No solo se encontraban quienes iban a viajar y sus familiares. También muchísimas personas curioseando.

A Marcelo le costó despedirse. Antes de subirse al barco, abrazó a su tío Daniel. Amparo parecía nerviosa, por eso el muchacho le puso la mano sobre el hombro y ascendió junto a ella por la rampa.

Doña Lola intentó tranquilizarse al notar que el motor arrancaba, salía humo de las chimeneas del barco, se escuchaba la sirena y retiraban la rampa de embarque.

La mujer se santiguó cinco veces mientras los miembros de la tripulación soltaban con gran esfuerzo los cabos de amarre y el barco comenzaba a moverse alejándose del muelle. La madre no pudo contenerse y se echó a llorar.

Tras la partida, don Daniel puso su camión en marcha y encendió un cigarro. No entendía algunas cosas. A pesar de todo, cumplió con su palabra y se dirigió hacia Buenavista. Allí le entregó a Javier Cabrera la carta que doña Lola le había dado.

Durante semanas, Javier Cabrera leyó la misiva de manera compulsiva. Le costaba creer que Lola hubiera escrito aquello o que fuera capaz de actuar de ese modo. Tuvo incluso que tomar aguas guisadas para calmarse.

Una tarde, al terminar de trabajar, Javier Cabrera no quiso montarse en el camión en el que viajaba la cuadrilla.

—Quiero estar solo —dijo.

Un par de personas sospecharon que el motivo era la partida de doña Lola. Desde que se largó, él andaba taciturno. Varias horas después, el hombre entró en su casa sudando. Unas vecinas que se cruzaron con él comentaron que iba más sucio de lo normal. Parecía que ya nada le importaba.

Javier Cabrera se mandó a mudar de Buenavista antes de que amaneciera. Jamás volvió a pisar las calles del lugar en el que nació y en el que convivía con tanta gente que lo apreciaba. Los últimos acontecimientos ocasionaron que toda su vida se pusiera patas arriba.

Se fue en su camión. Necesitaba empezar de nuevo. Así que condujo hacia el sur recordando el día en el que Lola se enteró de que don Miguel seguía vivo. Ella nunca lo supo, pero él la había visto gritando en mitad del descampado tras enterarse de la noticia.

Javier Cabrera subió a Güímar y aparcó junto a la pensión. Antes de bajarse del camión, se aseguró de que la caja de madera en la que guardaba las libras esterlinas estuviera bien tapada detrás de su asiento.

Luego se apoyó en la carrocería de su vehículo y encendió un cigarro. Trató de tranquilizarse. Notó que el sol caía a plomo sobre su cara. Le gustó notarlo. Aquello lo hacía sentirse vivo.

Unos minutos más tarde descubrió que una mujer se acercaba por el camino. Llevaba una cesta con ropa recién lavada encima de la cabeza. La reconoció desde el primer momento. Ella también, por eso dejó la cesta en el suelo y echó a correr a su encuentro. Los dos se abrazaron con fuerza como si temieran que pudieran separarlos.

—¡Lola! —exclamó él—. ¡Qué tortura tener que esperar para que nadie sospechara que me iba a reunir contigo!

—Llegué a pensar que no vendrías —le aseguró ella sonriendo. Después lo besó.

Esa misma tarde, doña Lola se despidió de doña María y de su marido. Al salir de la pensión, la madre de Amparo y de Marcelo les preguntó por qué la habían ayudado de nuevo. La anciana la miró a los ojos y le dijo:

—Porque tuvimos un hijo al que persiguieron y mataron. Ojalá alguien le hubiera echado una mano. ¿Te he dicho que se llamaba Juan?

—¡Sí! —contestó apenada, y añadió—: Ojalá Juan se hubiera encontrado con personas tan buenas como ustedes.

Javier Cabrera y doña Lola se alejaron de Güímar montados en el camión. Mientras circulaban, Javier le confesó que le había sorprendido que ella fuera capaz de abandonarlo todo por él. Doña Lola soltó una carcajada y le explicó que se equivocaba:

—Lo único que hice fue poner a salvo a mis hijos. Sé que Miguel los protegerá. En cuanto encontremos un lugar para vivir, les pediremos que regresen. ¿Te parece bien?

Javier Cabrera asintió con la cabeza. A continuación se atrevió a preguntarle por su marido:

—¿Y Miguel?

—Miguel tendrá que entender que no lo quiero. ¿Cómo lo voy a querer? ¡Él me dejó! Ya es tarde para pedirme que nos reunamos, es demasiado tarde.

Doña Lola sonrió con tristeza y añadió:

—Javier, si tú no existieras, tampoco regresaría con él.

—¿Estás segura?

—Sí, estoy segura de eso y de que te quiero por muchos motivos, pero sobre todo porque siempre has estado a mi lado.

Javier Cabrera y doña Lola no dijeron nada más. Ella apoyó la cabeza en su hombro y contempló la carretera de tierra repleta de baches. No le importó porque se trataba de un nuevo camino que iban a recorrer juntos.

Capítulo 36

Timple: guitarra muy pequeña,
de cuatro o cinco cuerdas,
de sonido muy agudo.

La siguiente ocasión en la que Amparo se comportó de una manera extraña fue a bordo del barco. Los primeros días navegando le resultaron muy duros. Apenas comió. Las náuseas, el mal olor y la magua se lo impidieron.

Estaba muy triste. Acababa de perder a su abuela y no sabía si volvería a ver a su madre. Ni siquiera su hermano lograba que sonriera y se librara de la tristeza que le oprimía el pecho.

Desde que amanecía, se sentaba sola en cubierta. Eso le permitía recapacitar. Con frecuencia pensaba en su madre y sentía rabia. Otras veces, impotencia y decepción. ¿Cómo se había atrevido a abandonarlos por un hombre?

También se acordaba de su abuela y de lo feliz que fue a su lado. La muchacha intentaba no olvidar lo que doña Josefa le dijo: «Amparo, cuando madures, serás capaz de controlarte y no decirle a la gente que va a morir».

Amparo creía que tendría que transcurrir bastante tiempo para que eso ocurriera. Sin embargo, supo que se equivocaba la tarde en la que un hombre, que solía tocar un timple y tararear canciones canarias, pasó cerca de ella.

Enseguida percibió que apestaba a cementerio. Le costó no avisarlo. Él se dio cuenta de que la joven lo estaba observando y le guiñó un ojo. Ella agachó la cabeza avergonzada.

El cabello de Amparo comenzó a agitarse como si lo moviera el viento africano. Sus ojos dejaron de ser canelos para convertirse en grises. La chica, además, perdió el color de las mejillas.

Marcelo, desde lejos, notó que algo le sucedía a su hermana, así que rápidamente se puso en pie dispuesto a auxiliarla. En ese preciso instante, Amparo recordó una de las frases de su abuela: «Todo el mundo tiene que morir».

Amparo cerró los ojos y pronunció la frase susurrando:

—Todo el mundo tiene que morir.

Luego volvió a decirla en voz baja y sintió que a medida que la repetía lograba tranquilizarse.

Entonces, por primera vez no lloró al saber que alguien iba a fallecer y ella no podría evitarlo.

—Todo el mundo tiene que morir —repitió de nuevo abriendo los ojos y contemplando el horizonte.

—¿Te encuentras mejor? —preguntó Marcelo al llegar junto a ella.

—Sí.

—Me alegro. Ya verás que a partir de ahora nos va a ir bien.

—Seguro —respondió acariciando el abrigo del que nunca se separaba porque su madre así se lo había ordenado.

—¿Tienes ganas de llegar a Venezuela?

—Sí —reconoció ella—. ¿Sabes? El viaje me está ayudando a entender algunas cosas.

—¿Qué cosas, Amparo?

—He pensado en nuestra madre y creo que no deberíamos juzgarla. Lleva toda su vida trabajando de sol a sol. Siempre se ha sacrificado por nosotros sin pedir nada a cambio —le explicó.

Marcelo apoyó el brazo sobre sus hombros y la atrajo hacia él. Los dos permanecieron agarrados hasta que comenzó a refrescar. Después se levantaron y bajaron a descansar.

Ya era de noche cuando una señora mayor comenzó a gritar al descubrir que un señor acababa de morir sentado en uno de los bancos de cubierta. Al día siguiente le contaron a Amparo que falleció abrazado a su timple y mirando hacia la tierra que dejaba atrás.

Cuando llegaron a La Guaira, don Miguel los estaba esperando en el muelle. Los tres se emocionaron al reencontrarse en tierra firme. Don Miguel corrió hacia ellos y los abrazó con fuerza. Amparo y Marcelo por fin se sintieron a salvo.

Don Miguel esperaba ver a doña Lola. Por eso, mientras estrechaba a su hija y al muchacho contra su pecho, la buscaba con la mirada entre los pasajeros que bajaban del barco. Fue Amparo quien le comunicó que su madre se había quedado en Tenerife.

A don Miguel se le empañaron los ojos cuando recibió la noticia.

—No le escribí porque me dio vergüenza no tener algo de dinero para mandarle —dijo—. No le escribí y tendría que haberlo hecho —añadió.

Amparo sospechó que la falta de dinero no fue el único motivo que propició que su padre desapareciera durante tanto tiempo, aun así, no quiso contradecirle y se mantuvo en silencio.

Cuando llegaron a la pequeña casa en la que don Miguel vivía, este les ofreció algo de beber. Hacía calor, por eso Amparo y Marcelo se alegraron al despojarse de los abrigos que habían cargado durante todo el trayecto.

A continuación, se sentaron alrededor de una pequeña mesa situada en una esquina del salón. Fue en ese lugar donde le contaron que Lola había escondido algunos ahorros en las mangas de sus abrigos.

Don Miguel no tardó en levantarse, sacar su naife y cortar los hilos de los vueltos. Al hacerlo, descubrieron dentro de ellos un reloj de oro y muchísimas libras esterlinas.

El hallazgo les resultó sorprendente. Ninguno sospechaba de dónde había sacado doña Lola aquella fortuna, pero sabían que gracias a ella podrían vivir holgadamente durante años.

Cuando don Miguel dejó el reloj sobre la mesa, Amparo lo acarició con la yema de los dedos. Entonces pensó en William, el extranjero pelirrojo que desapareció después de que su jefe le entregara la llave de la caja de seguridad en la que guardaba un reloj de oro y muchísimas libras esterlinas.

Luego se acordó de su abuela y del bebé que falleció en Arona. También recordó a Eulalia, la niña que se ahogó en el estanque de Buenavista. Por su mente además pasaron el Rubio, su mujer y otros difuntos.

Amparo agarró el reloj con fuerza. En ese instante decidió que intentaría olvidar todos los acontecimientos dolorosos que habían ocurrido. «Es una buena oportunidad para comenzar de nuevo», pensó.

La joven sabía que en cualquier momento ella misma o algún ser querido podrían empezar a oler a cementerio, por eso no quería desperdiciar la vida recordando.

Una semana después, le escribió una carta a su madre en la que le contó que estaban bien. También le juró que la querían, le dio las gracias por todo y le pidió que fuera tan inmensamente feliz como lo eran ellos en Venezuela.

Amparo anotó por fuera del sobre la dirección de la pensión de Güímar. Su madre le había dicho que llamaría a menudo a doña María y a su marido para preguntarles si tenían noticias suyas.

Después miró por la ventana y se entretuvo observando a su padre y a Marcelo.

Índice